21世纪高等学校规划教材

CAILIAO LIXUE BIAOZHUNHUA XITIJI (Ⅰ)

材料力学标准化习题集(Ⅰ)

孙仙山　曲淑英　吕玉匣　编

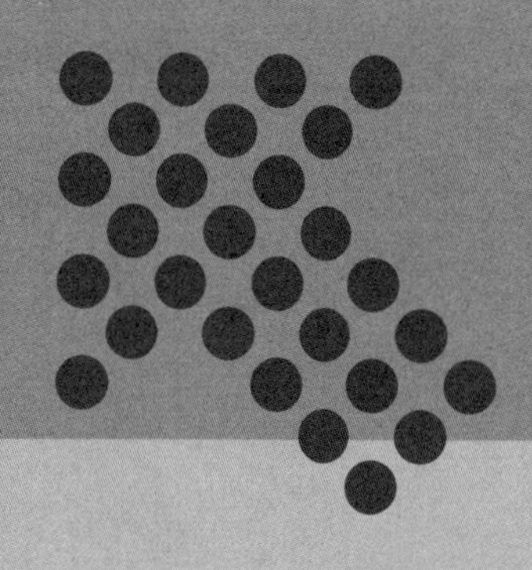

中国电力出版社
http://jc.cepp.com.cn

内 容 提 要

本书为21世纪高等学校规划教材，全书共十章，主要内容包括绪论及基本概念习题、内力和内力图习题、轴向拉伸与压缩习题、扭转变形习题、弯曲应力习题、梁弯曲时的位移习题、简单的超静定结构习题、应力状态和强度理论习题、组合变形及连接部分习题、压杆稳定习题、截面的几何性质习题等。本书共精选220余道习题，每题均给出详细解答及常见错误分析，内容不仅涵盖了孙训芳等编写的《材料力学·第四版（Ⅰ）》的所有知识点，还特别强调了材料力学课程教学基本要求的重点和难点，为教师布置作业及学生理解和巩固所学知识提供了有力保证。

本书可作为普通高等院校工科专业的本科生和专科生学习材料力学的参考书，也可作为成教、函授、电大及自学考试等学生学习材料力学的参考书，还可作为相关专业研究生的复习资料，以及教师的教学参考书。

图书在版编目（CIP）数据

材料力学标准化习题集. Ⅰ/孙仙山，曲淑英，吕玉匣编. —北京：中国电力出版社，2008

21世纪高等学校规划教材

ISBN 978-7-5083-7780-3

Ⅰ. 材… Ⅱ. ①孙…②曲…③吕… Ⅲ. 材料力学-高等学校-习题 Ⅳ. TB301-44

中国版本图书馆CIP数据核字（2008）第127512号

中国电力出版社出版、发行

（北京三里河路6号 100044 http：//jc.cepp.com.cn）

汇鑫印务有限公司印刷

各地新华书店经售

*

2008年9月第一版 2008年9月北京第一次印刷

787毫米×1092毫米 16开本 6.5印张 149千字

定价 **10.00** 元

前　言

材料力学是土建类、机械类等工科专业的专业基础课。它对诸多后续课程的学习起着关键作用，在工科专业的教学中，历来占有重要的地位。

材料力学课程包括课堂授课、作业、附属试验课等几个不可或缺的教学环节。学生每结束一个课程段落的学习，必须紧跟做一些习题作业，以便加深理解和巩固所学知识。作业环节始终为授课教师所重视，因为课堂讲解只解决初步的理解，只有通过作业的训练，才能融会贯通、举一反三，达到熟练掌握所学知识的授课目的。完全可以这样说：对于材料力学课程的学习，仅仅听懂和理解了课程内容，而不做作业训练是远远不够的。

如何让学生做好作业？如何为学生做作业提供较好的教学形式？自然成了每个授课教师追求的课题。本书是编者多年教学经验的结晶，它将为学生学好材料力学课程提供有效的帮助。

本书针对性强，其中的习题经过仔细筛选，难易程度把握得当，这为教师布置作业、学生理解习题和做好作业提供了有力保证。

相对于孙训芳等编写的《材料力学・第四版（Ⅰ）》中的习题，本书中的习题更强调易理解性、易操作性、图表的易读性。如果说原教材及教材中的习题更适合于当初的精英教育理念，那么本书中的习题就更适合于现今的大众教育理念，避免了那些不切实际的拔高题，以“必须、够用”为度，加强了针对性和实用性，减少了不必要的数理论证和数学推导，注意培养学生解决实际问题的能力，强化了学生的工程意识。

全书共220余道题，可帮助学生全面深刻地理解材料力学的基本概念、基本理论，熟练掌握求解材料力学问题的基本思路与方法，节省学生抄题和画图的时间；方便教师给学生布置作业和批改作业，规范学生完成综合练习题的程序、最低数量和题型。本书的附录介绍了使用本书的一些注意事项，希望读者注意阅读。

本书由孙仙山、曲淑英、吕玉匣编写。经过两届学生的试用，在纠正了若干问题后，正式出版。由于编者水平有限，本书疏漏之处在所难免，希望读者批评指正，以便再版时修正。

编　者

2008.7

目　录

第一章　绪论及基本概念习题

一、选择题

1. 小变形的条件是指（　　）。

A. 构件的变形小　　B. 构件没有变形

C. 构件的变形比其原尺寸小得多　　D. 构件的变形可忽略不计

2. 判断下列几种受力情况：是分布力的有（　　）；是集中力的有（　　）。

A. 风对烟囱的风压　　B. 自行车轮对地面的压力

C. 楼板对屋梁的作用力　　D. 车削时车刀对工件的作用力

3. 在图1-1（a）所示受力构件中，由力的可传性原理，将力 P 由位置 B 移至 C，如图1-1（b）所示，则（　　）。

A. 固定端 A 的约束反力不变

B. 两段杆件的内力不变，但变形不同

C. 两段杆件的变形不变，但内力不同

D. 杆件 AC 段的内力和变形均保持不变

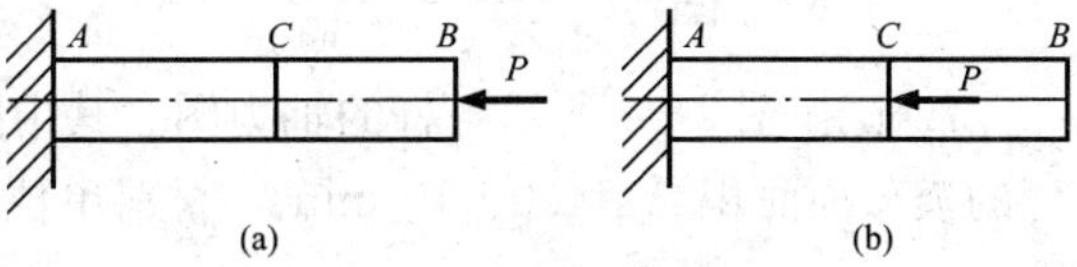

图1-1　选择题3图

二、填空题

1. 材料力学的任务是________________________。

2. 为保证机械和工程结构的正常工作，构件一般应满足________、________、________和________的要求。

三、判断题

1. 固体材料在各个方向物理性质相同的假设，称为各向同性假设，所有工程材料都可应用这一假设。（　　）

2. 任何物体都是变形固体，在外力作用下都将发生变形，当物体的变形很小时，可视其为刚体。（　　）

第二章 内力和内力图习题

一、作图题

（一）拉伸压缩变形部分

1. 试作图 2-1 所示各杆的轴力图。

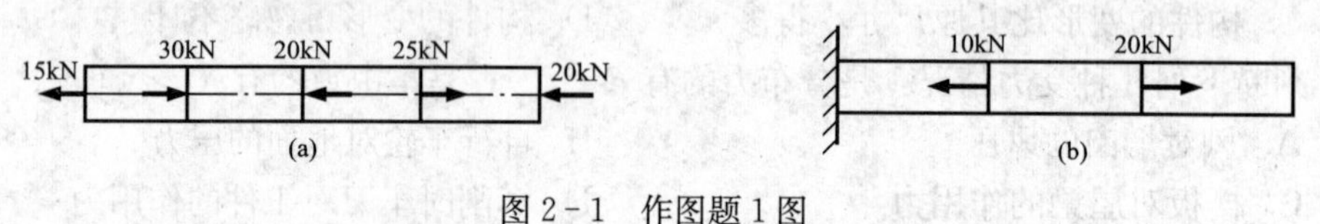

图 2-1　作图题 1 图

F_N 图

F_N 图

2. 试作图 2-2 所示各杆的轴力图。其中图 2-2（b）考虑杆的自重作用，已知 $a=2\text{m}$，杆的横截面面积 $A=400\times10^2\text{mm}^2$，材料单位体积的重量 $\gamma=20\text{kN/m}^3$，$P=10\text{kN}$。

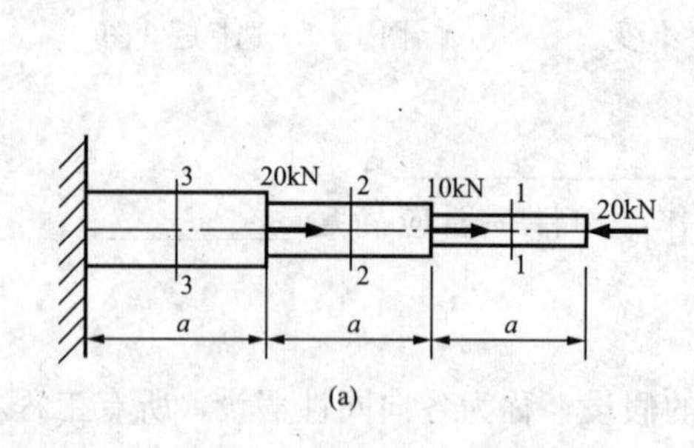

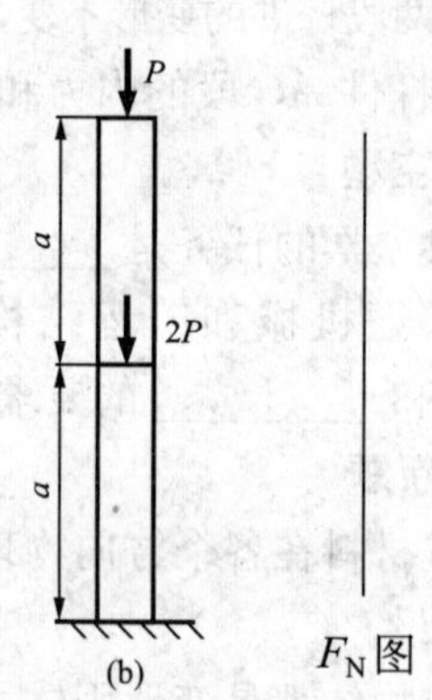

F_N 图

图 2-2　作图题 2 图

F_N 图

（二）扭转变形部分

3. 作图 2-3 所示各杆的扭矩图。

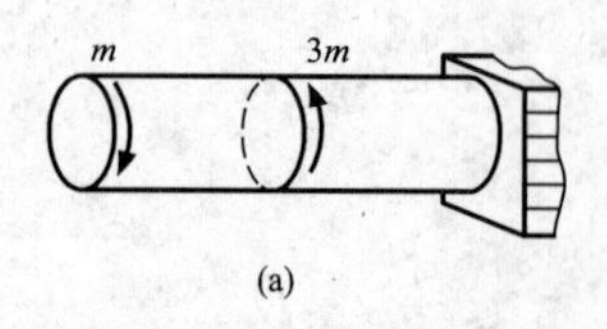

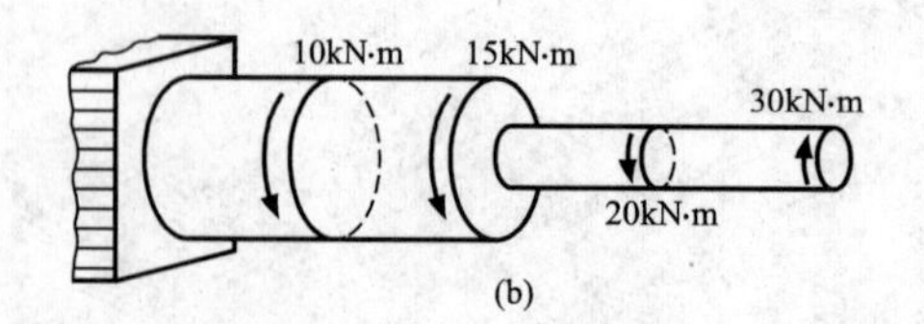

图 2-3　T 图

（三）弯曲变形部分

4. 用列方程法作图 2－4 所示各梁的剪力图和弯矩图。

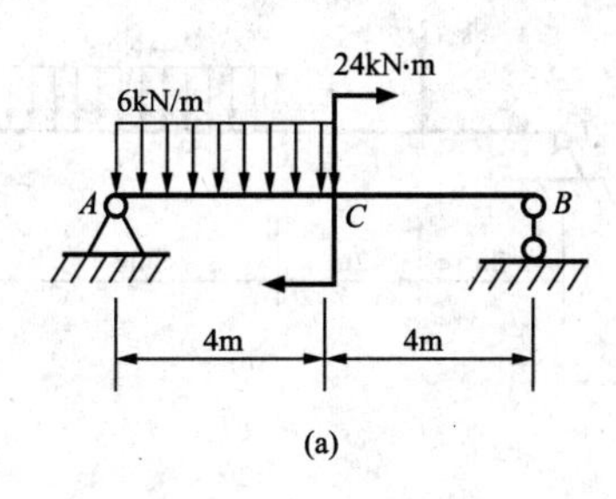

(a)

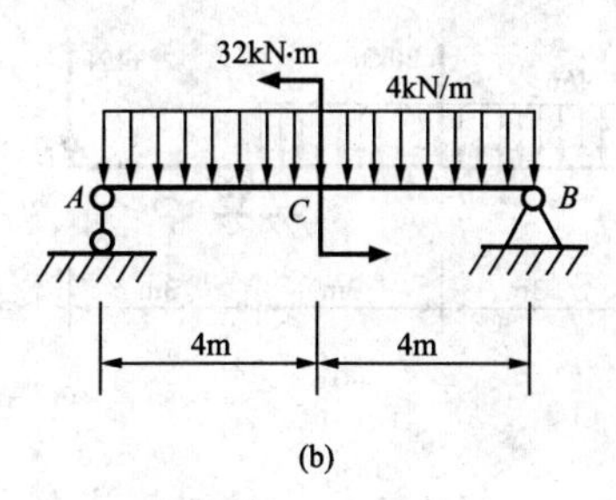

(b)

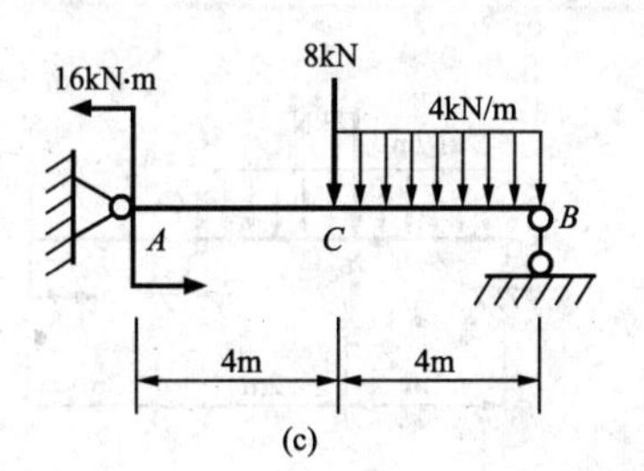

(c)

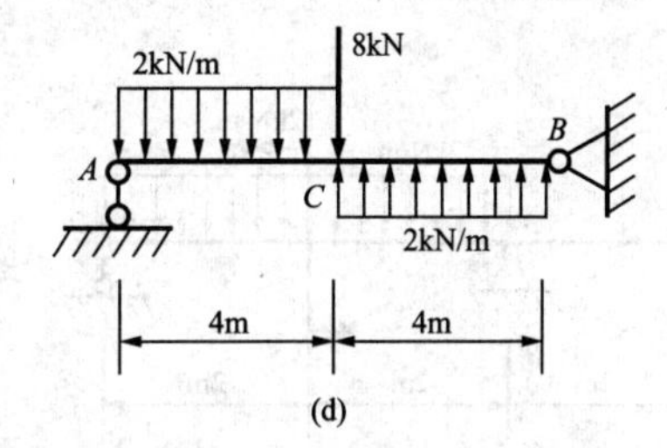

(d)

图 2－4　作图题 4 图

5. 利用剪力 F_s、弯矩 M 和荷载集度 q 间的微分关系作图 2-5 所示各梁的剪力图和弯矩图。

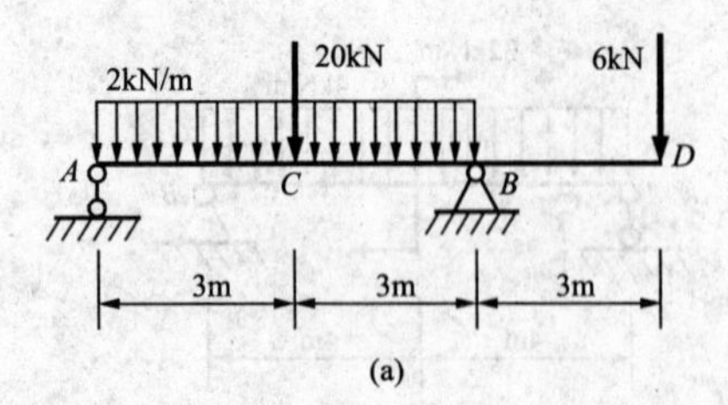

(a)

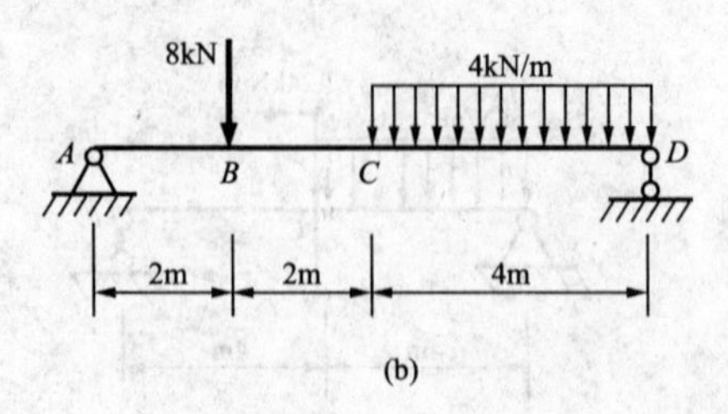

(b)

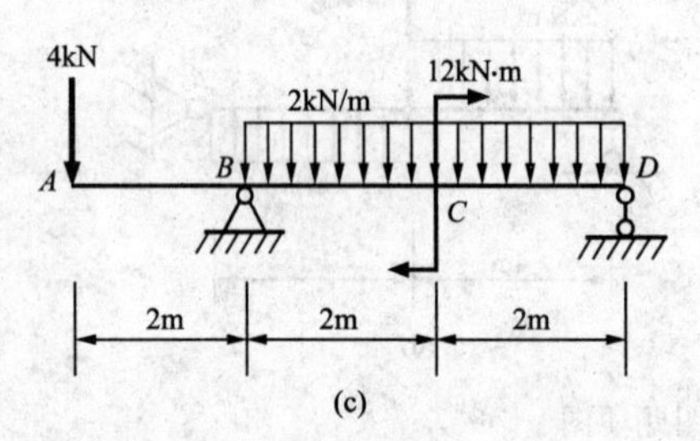

(c)

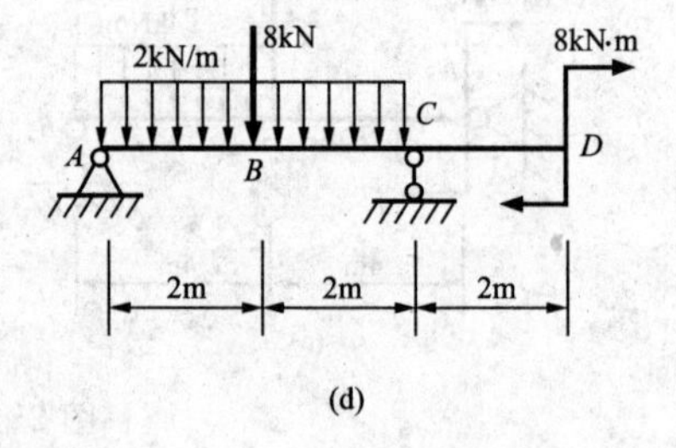

(d)

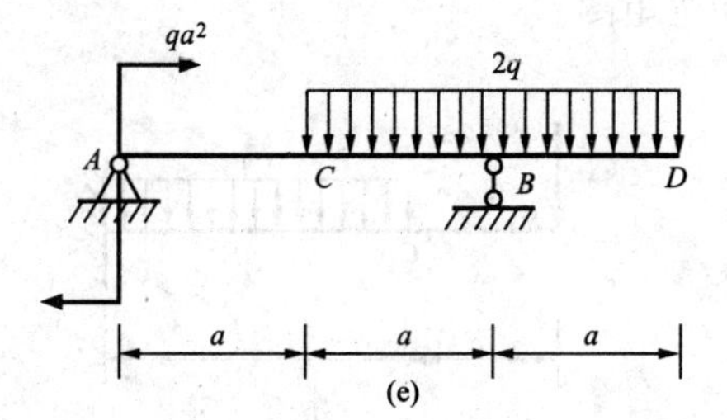

(e)

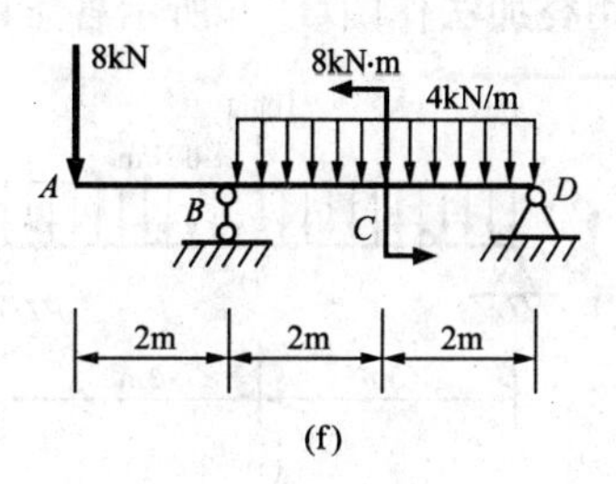

(f)

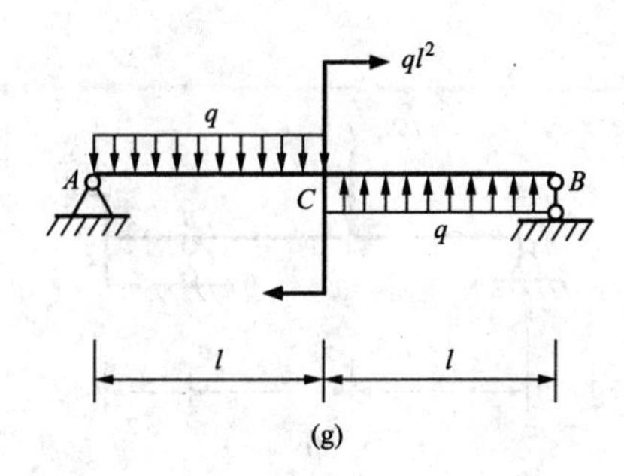

(g)

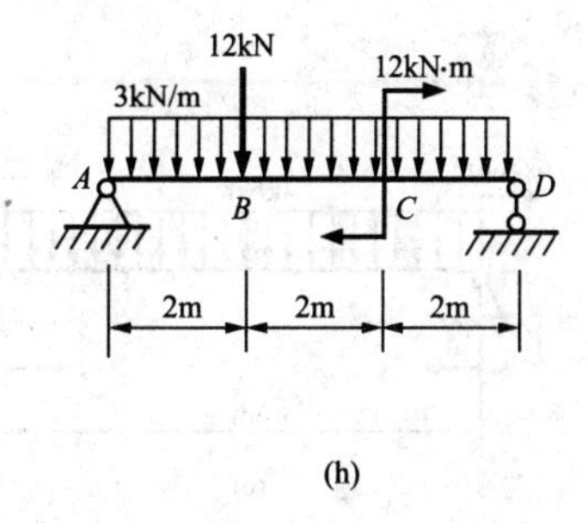

(h)

图 2-5　作图题 5 图

6. 用叠加法作图 2-6 所示各梁的剪力图和弯矩图。

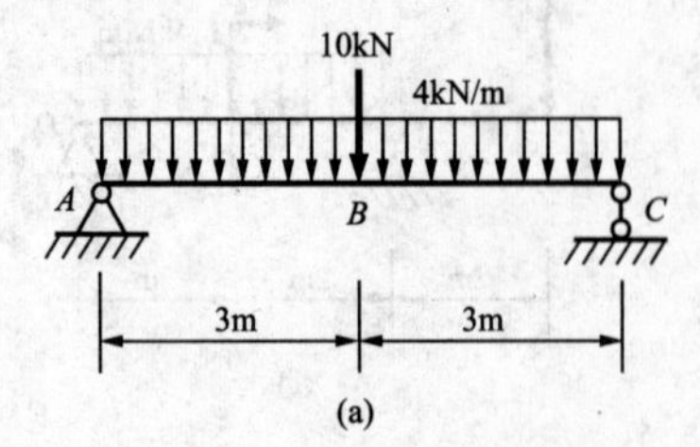

(a)

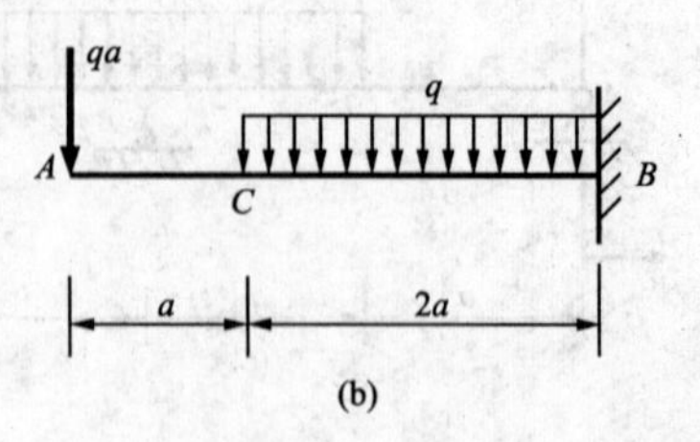

(b)

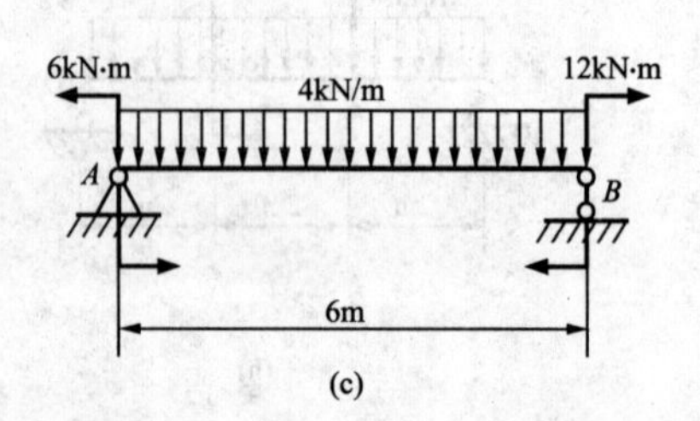

(c)

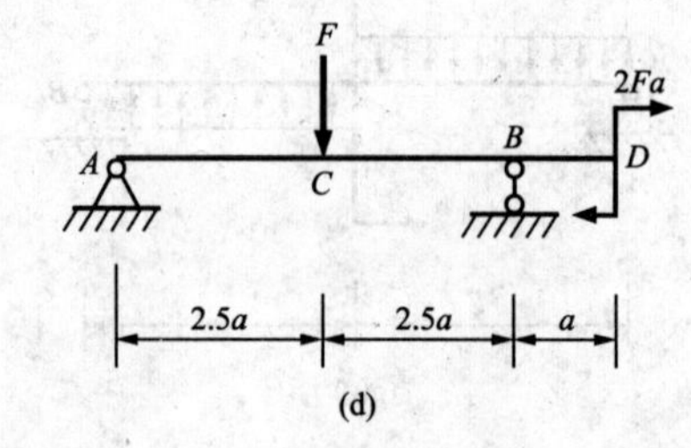

(d)

图 2-6　作图题 6 图

7. 作图 2－7 所示各梁的剪力图和弯矩图。

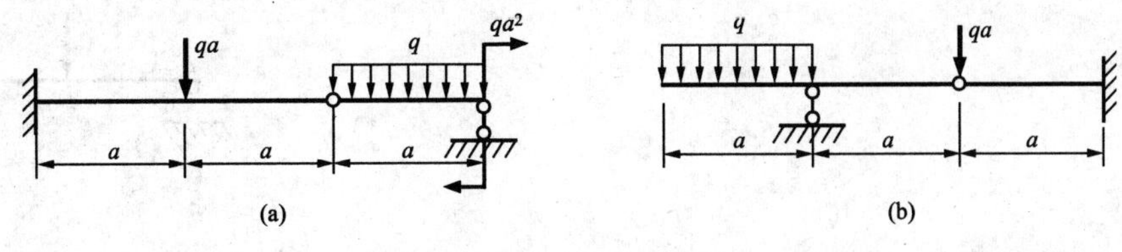

图 2－7　作图题 7 图

8. 试作图 2－8 所示为四分之一圆弧形曲杆的轴力图、剪力图和弯矩图。

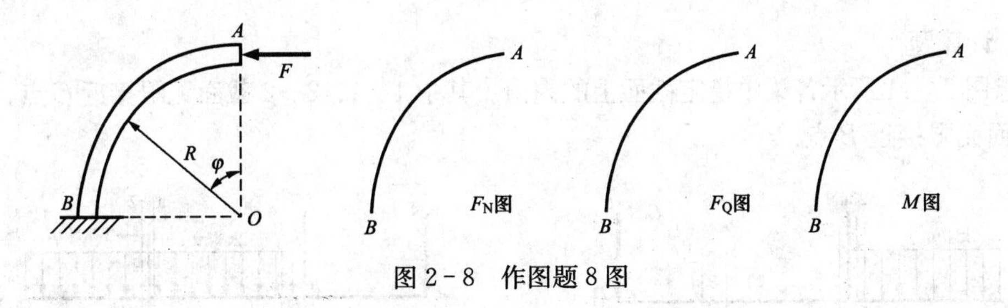

图 2－8　作图题 8 图

9．试作图 2－9 所示刚架的轴力图、剪力图和弯矩图。

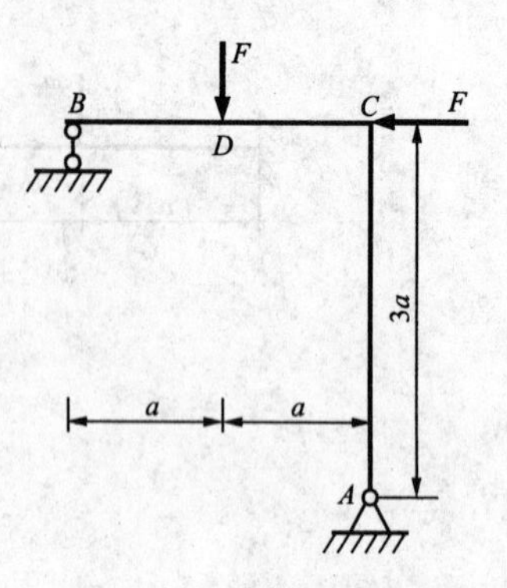

图 2－9　作图题 9 图

10．试作图 2－10 所示刚架的轴力图、剪力图和弯矩图。

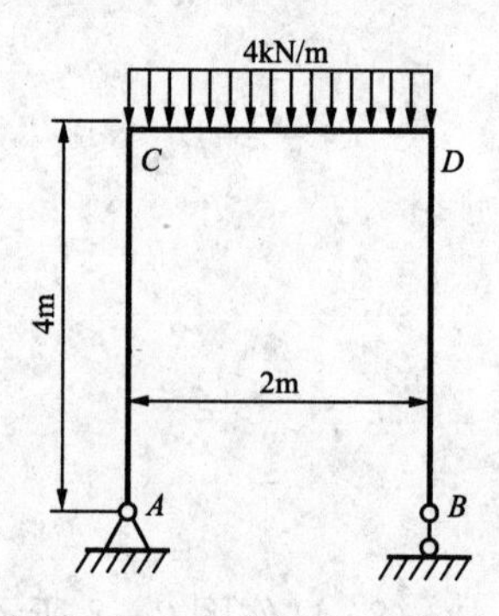

图 2－10　作图题 10 图

二、计算题

试求图 2－11 所示各梁中指定截面上的内力。其中 1—1、2—2 截面无限接近 C 点，3—3、4—4 截面无限接近 B 点。

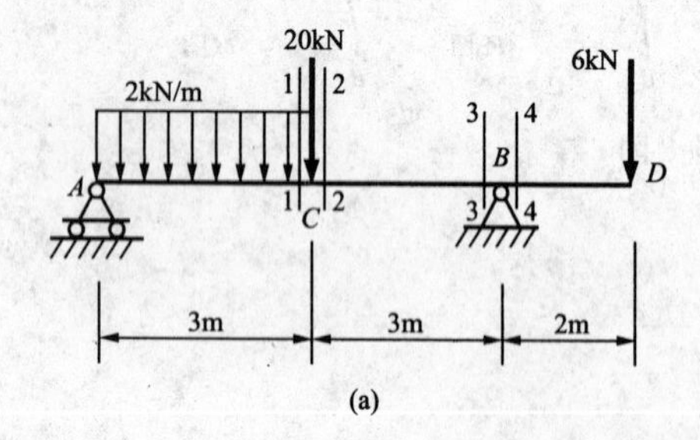

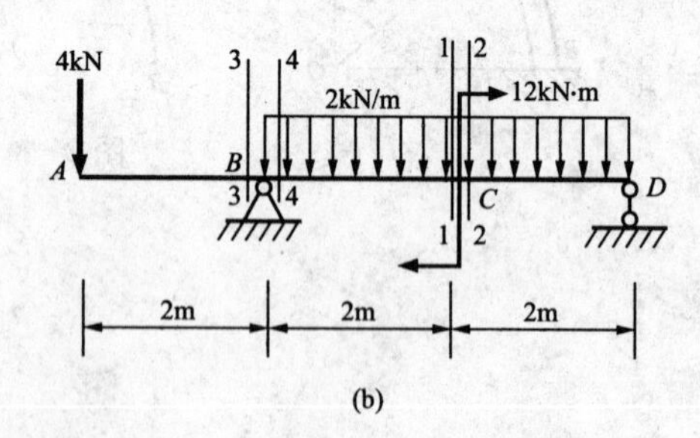

图 2－11　计算题图

第三章　轴向拉伸与压缩习题

一、选择题

1. 材料力学中的内力是指（　　）。

A. 物体内部的力

B. 物体内部各质点间的相互作用力

C. 由外力作用引起的各质点间相互作用力的改变量

D. 由外力作用引起的某一截面两侧各质点间相互作用力的合力的改变量

2. 截面法的适用范围是（　　）。

A. 只限于等截面直杆

B. 只限于直杆的基本变形

C. 只限于杆件在弹性变形阶段

D. 普遍适用于等截面和变截面的杆、直杆和曲杆、弹性变形和塑性变形阶段、基本变形和组合变形

3. 轴向拉压杆，由截面法求得同一截面的左、右面部分的轴力，则两轴力大小相等，而（　　）。

A. 方向相同，符号相同　　B. 方向相反，符号相同

C. 方向相同，符号相反　　D. 方向相反，符号相反

4. 轴向拉、压杆横截面上正应力公式 $\sigma=E\varepsilon$ 的应用条件是（　　）。

A. 应力必须低于比例极限

B. 杆件必须由同一材料制成

C. 杆件截面形状只能是矩形或圆形

D. 杆件必须是小变形

E. 杆件必须是等截面直杆

5. 两拉杆的材料和所受拉力都相同，且均处在弹性范围内，则

(1) 若两杆截面面积相同而长度 $l_1>l_2$，则两杆的伸长 Δl_1（　　）Δl_2，纵向线应变 ε_1（　　）ε_2。

(2) 若两杆长度同而截面积 $A_1>A_2$，则两杆伸长 Δl_1（　　）Δl_2，纵向线应变 ε_1（　　）ε_2。

A. 大于　　B. 小于　　C. 等于

6. 内力与应力的关系是（　　）。

A. 内力大于应力　　B. 内力等于应力的代数和

C. 内力为矢量，应力为标量　　D. 应力是分布内力的集度

7. 轴向拉、压中的平面假设适用于（　　）。

A. 整根杆件长度的各处

B. 除杆件两端外的各处

C. 距杆件加力端稍远的各处

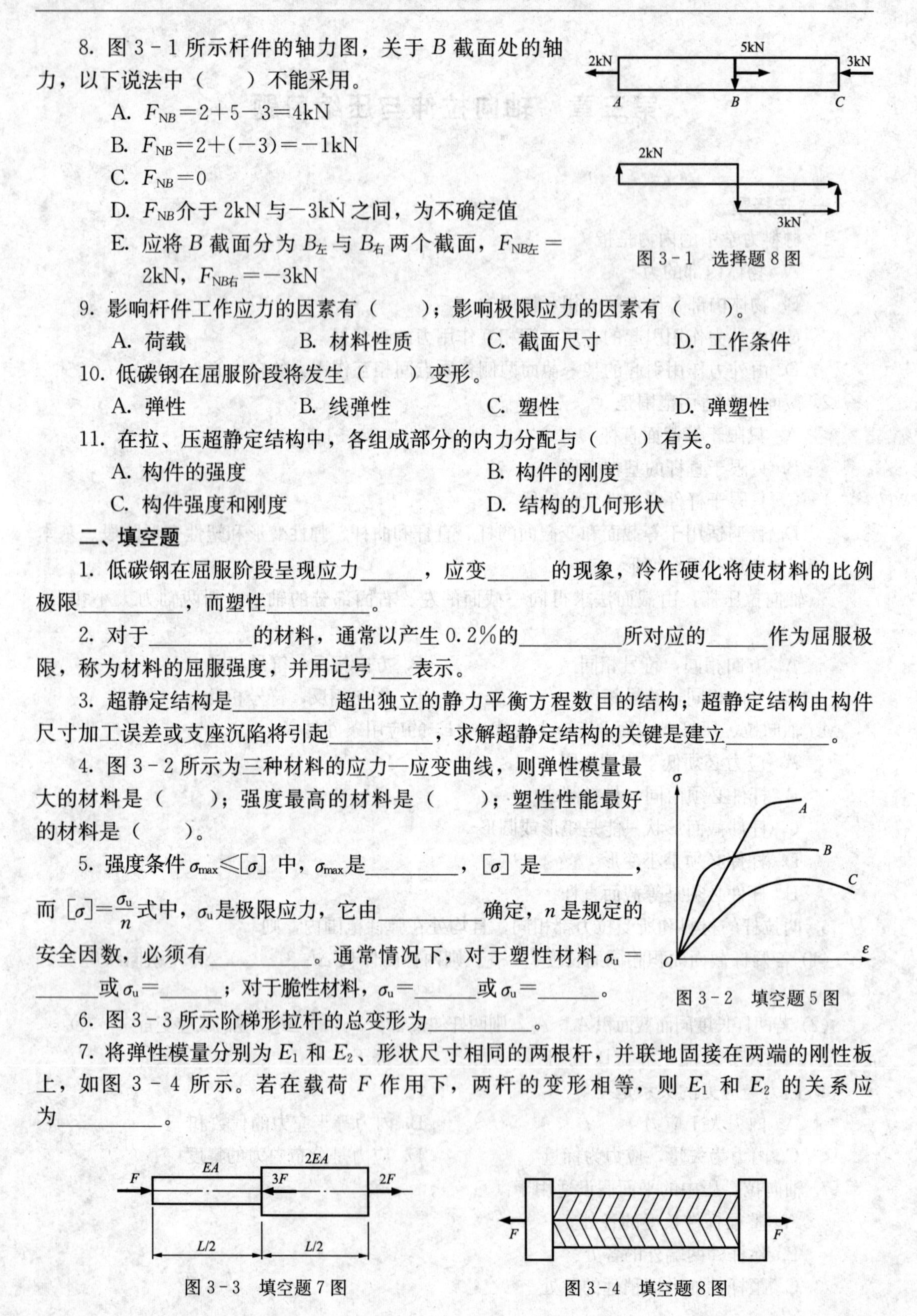

8. 图 3－1 所示杆件的轴力图，关于 B 截面处的轴力，以下说法中（　　）不能采用。

A. $F_{NB}=2+5-3=4\text{kN}$

B. $F_{NB}=2+(-3)=-1\text{kN}$

C. $F_{NB}=0$

D. F_{NB}介于 2kN 与－3kN 之间，为不确定值

E. 应将 B 截面分为 $B_{左}$ 与 $B_{右}$ 两个截面，$F_{NB左}=2\text{kN}$，$F_{NB右}=-3\text{kN}$

图 3－1　选择题 8 图

9. 影响杆件工作应力的因素有（　　）；影响极限应力的因素有（　　）。

A. 荷载　　B. 材料性质　　C. 截面尺寸　　D. 工作条件

10. 低碳钢在屈服阶段将发生（　　）变形。

A. 弹性　　B. 线弹性　　C. 塑性　　D. 弹塑性

11. 在拉、压超静定结构中，各组成部分的内力分配与（　　）有关。

A. 构件的强度　　B. 构件的刚度

C. 构件强度和刚度　　D. 结构的几何形状

二、填空题

1. 低碳钢在屈服阶段呈现应力______，应变______的现象，冷作硬化将使材料的比例极限______，而塑性______。

2. 对于______的材料，通常以产生 0.2% 的______所对应的______作为屈服极限，称为材料的屈服强度，并用记号______表示。

3. 超静定结构是______超出独立的静力平衡方程数目的结构；超静定结构由构件尺寸加工误差或支座沉陷将引起______，求解超静定结构的关键是建立______。

4. 图 3－2 所示为三种材料的应力—应变曲线，则弹性模量最大的材料是（　　）；强度最高的材料是（　　）；塑性性能最好的材料是（　　）。

5. 强度条件 $\sigma_{max}\leqslant[\sigma]$ 中，σ_{max} 是______，$[\sigma]$ 是______，而 $[\sigma]=\frac{\sigma_u}{n}$ 式中，σ_u 是极限应力，它由______确定，n 是规定的安全因数，必须有______。通常情况下，对于塑性材料 $\sigma_u=$______或 $\sigma_u=$______；对于脆性材料，$\sigma_u=$______或 $\sigma_u=$______。

图 3－2　填空题 5 图

6. 图 3－3 所示阶梯形拉杆的总变形为______。

7. 将弹性模量分别为 E_1 和 E_2、形状尺寸相同的两根杆，并联地固接在两端的刚性板上，如图 3－4 所示。若在载荷 F 作用下，两杆的变形相等，则 E_1 和 E_2 的关系应为______。

图 3－3　填空题 7 图

图 3－4　填空题 8 图

8. 构件由于截面的__________会发生应力集中现象。

三、判断题

1. 判断关于轴力的下列几种说法：

(1) 轴力是作用于杆件轴线上的载荷。(　　)

(2) 轴力是轴向拉伸或压缩时，杆件横截面上分布内力系的合力。(　　)

(3) 轴力的大小与杆件的横截面面积有关。(　　)

(4) 轴力的大小与杆件的材料无关。(　　)

(5) 轴力越大，杆件越容易被拉断，因此轴力的大小可用来判断杆件的强度。(　　)

2. 判断关于材料弹性模量 E 的下列几种说法：

(1) E 的量纲与应力的量纲相同。(　　)

(2) E 表示材料线弹性变形能力的大小。(　　)

(3) 各种牌号钢材的 E 值相差不大。(　　)

(4) 橡皮的 E 值比钢材的 E 值要大。(　　)

(5) 若从某材料轴的轴向拉伸试样测得应力和相应的应变，就可求得其 $E=\sigma/\varepsilon$。(　　)

3. 判断关于横向变形系数（泊松比）μ 的下列几种说法：

(1) 当杆件轴向拉、压时，μ 是横向应变 ε 与纵向应变 ε 之比的绝对值。(　　)

(2) μ 值越大，其横向变形能力越差。(　　)

(3) 各种材料的 μ 值都满足：$0\leqslant\mu\leqslant0.5$。(　　)

4. 受轴向拉、压的等直杆，若其总伸长为零，则有：

(1) 杆内各处的应变必为零。(　　)

(2) 杆内各点的位移必为零。(　　)

(3) 杆内各点的正应力必为零。(　　)

(4) 杆的轴力图面积代数和必为零。(　　)

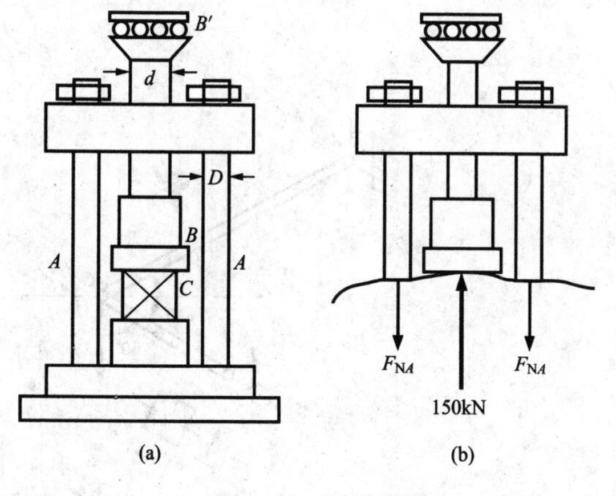

图 3-5　引导题图

四、引导题

图 3-5 (a) 所示为一压力机，在物件 C 上所受的最大压力为 150kN。已知压力机立柱 A 和螺杆 B 所用材料为 Q235 钢，其$[\sigma]=$160MPa。

(1) 试按强度条件设计立柱 A 的直径 D；

(2) 若螺杆 B 的螺纹内径 $d=40$mm，试校核其强度。

解　(1) 确定立柱 A 与螺杆 B 的轴力。

截取压力机的上半部分，如图 3-5 (b) 所示，由平衡条件得

$$F_{NA}=75\text{kN}$$

(2) 设计立柱 A 的直径 D。

由强度条件

$$\sigma_A=\frac{F_{NA}}{\pi d^2/4}\leqslant[\sigma]$$

得 $$D \geqslant \sqrt{\frac{4F_{NA}}{\pi[\sigma]}} = \sqrt{\frac{4 \times 75 \times 10^3}{3.14 \times 160}} = 24.4\text{mm}$$

(3) 校核螺杆 B 的强度，即

$$\sigma_B = \frac{F_{NB}}{\pi d^2/4} =$$

故______________________________。

五、计算题

1. 图 3-6 所示为卧式拉床的油缸，内径 $D=186\text{mm}$，活塞杆直径 $d_1=65\text{mm}$，材料为 20Cr，并经过热处理，$[\sigma]_{杆}=130\text{MPa}$。缸盖由 6 个 M20 的螺栓与缸体连接，M20 螺栓的内径 $d=17.3\text{mm}$，材料为 Q235 钢，经热处理 $[\sigma]_{螺}=110\text{MPa}$。试按活塞杆和螺栓的强度确定最大油压 p。

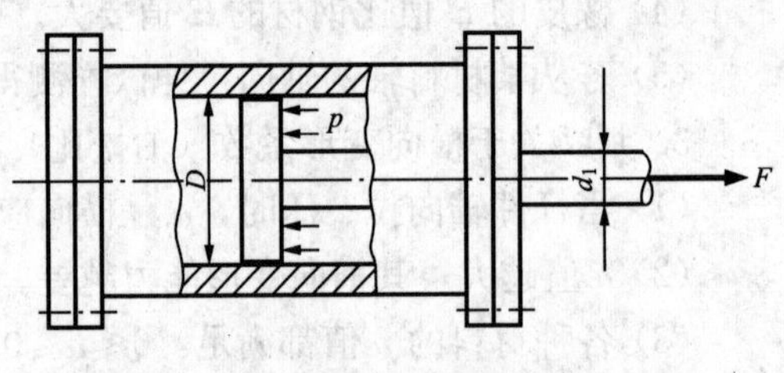

图 3-6 计算题 1 图

2. 图 3-7 所示结构中，$F=100\text{kN}$，杆 AC 由两根同型号等边角钢构成，许用应力 $[\sigma]_g=160\text{MPa}$，杆 BC 由边长为 a 的正方形截面木杆构成，许用压应力 $[\sigma]_m=10\text{MPa}$。试选择角钢号及木杆横截面尺寸 a。

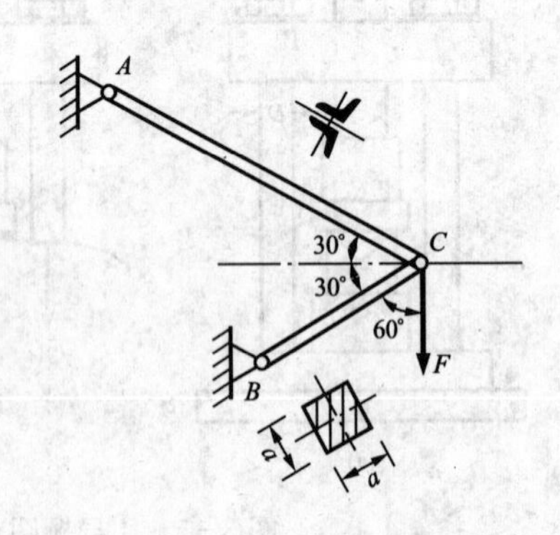

图 3-7 计算题 2 图

3. 图 3-8 所示组合结构，竖向荷载 F 可沿梁 AB 移动，杆 1、杆 3、杆 5 均为 6.3 槽钢构成，其 $[\sigma]_g=160\text{MPa}$；杆 2、杆 4 均为 120mm×120mm 正方形截面木杆构成，$[\sigma]_m=8\text{MPa}$。已知 $a=0.8\text{m}$，$l=2\text{m}$。如梁 AC、BC 强度足够，试按各杆强度确定 $[F]$。

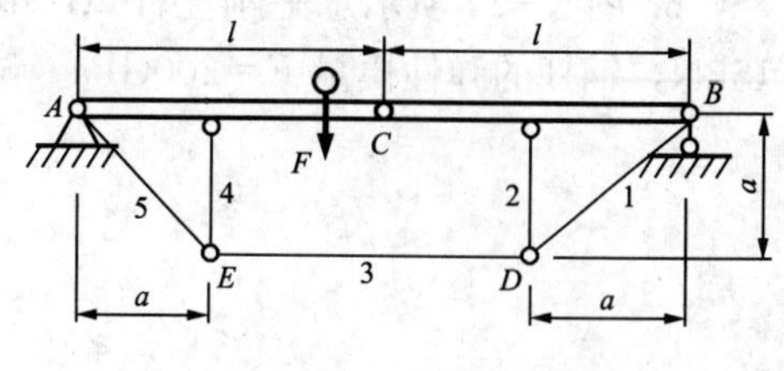

图 3-8　计算题 3 图

4. 图 3-9 所示结构中 AD 为刚性梁，BC 为斜撑杆，竖向均布荷载作用在 AD 梁上。若使 BC 杆安全工作并具有最小重量，试确定 BC 杆与 AD 梁之间的夹角，并求出 BC 杆的最小重量。设杆的许用应力为 $[\sigma]$、单位体积的重量为 γ。

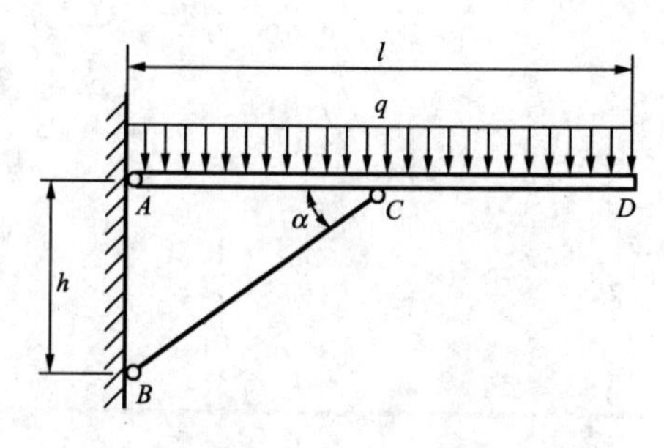

图 3-9　计算题 4 图

5. 等直杆受轴向荷载如图 3-10 所示。已知杆的横截面面积 $A=10\text{cm}^2$，材料的弹性模量 $E=200\text{GPa}$，试计算杆 AB 的总变形和各段的应力。

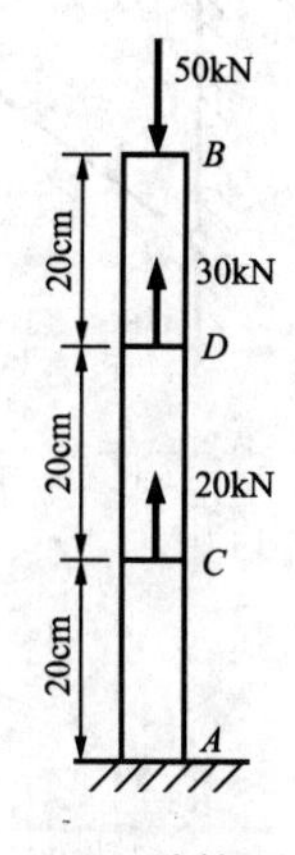

图 3-10　计算题 5 图

6. 图 3-11 所示水平刚性杆 AB 由直径为 20mm 的钢杆 CD 拉住，B 端作用荷载 $F=15\text{kN}$，钢杆的弹性模量 $E=200\text{GPa}$。试求 B 点的铅垂位移 Δ_B。

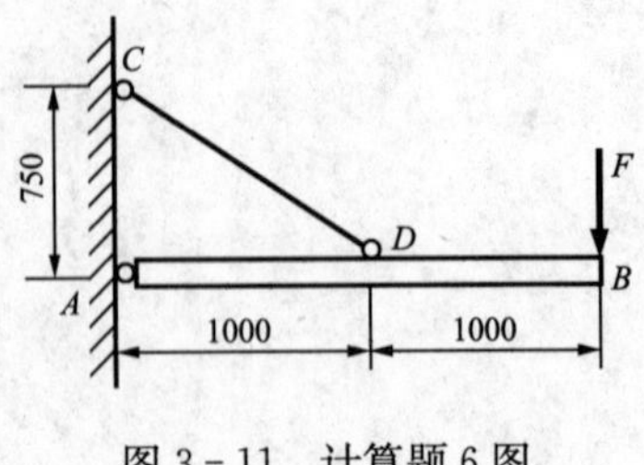

图 3-11 计算题 6 图

7. 设 AC 为刚体，AB 为铜杆，DC 为钢杆，两杆的横截面面积分别为 A_1 和 A_2，弹性模量分别为 E_1 和 E_2，如图 3-12 所示。如要使杆 AC 始终保持水平，试求 x。

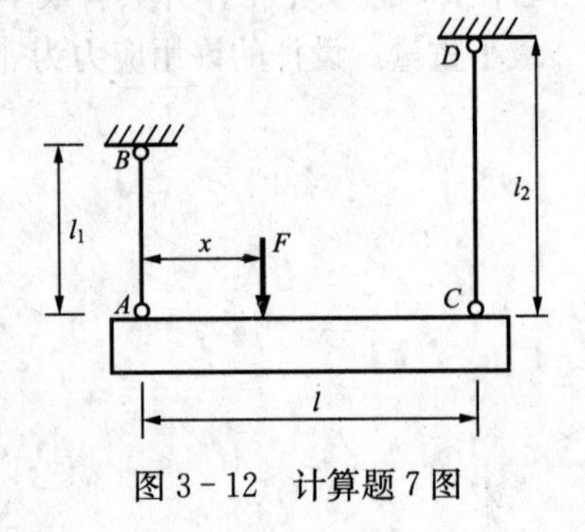

图 3-12 计算题 7 图

8. 图 3-13 所示三角构架，AB 长 30cm，AB、AC 均为钢杆，弹性模量 $E=210\text{GPa}$，横截面面积均为 $A=5\text{cm}^2$。若有三种加载方式，如图 3-13（a）、（b）、（c）所示，$F=50\text{kN}$。试分别计算三种情况下结点 A 的水平位移和垂直位移。

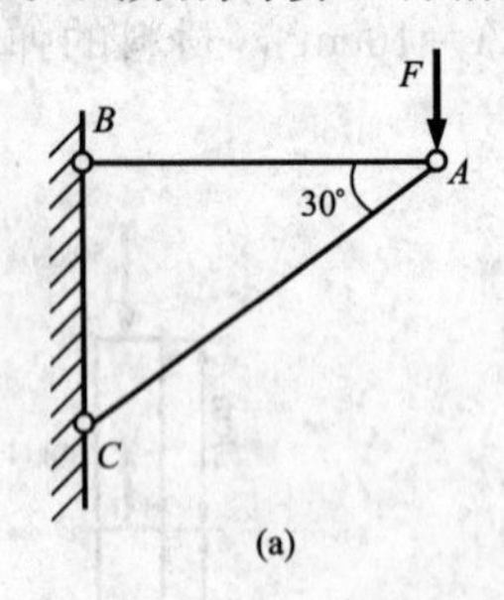

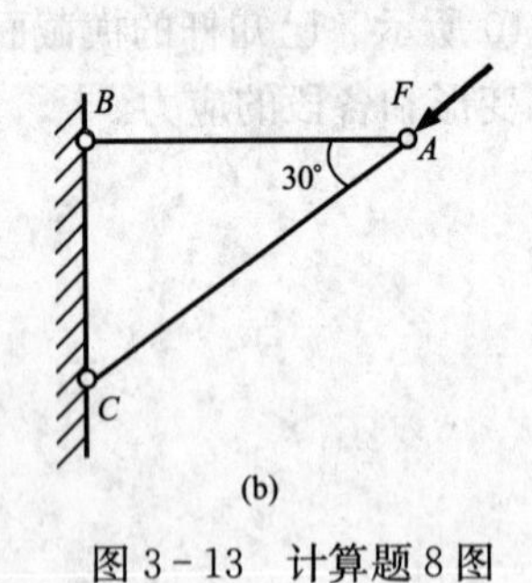

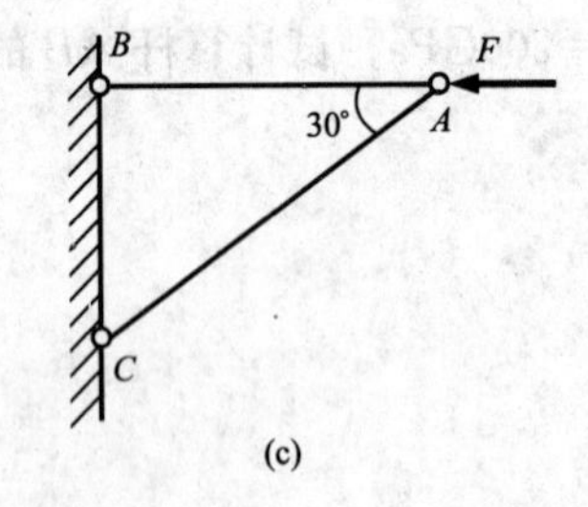

图 3-13 计算题 8 图

9. 图 3-14 所示结构 AB 为刚性杆，杆 1 和杆 2 为长度相等的钢杆，$E=200\text{GPa}$，两杆横截面面积均为 $A=10\text{cm}^2$。已知 $F=100\text{kN}$，试求杆 1、杆 2 的轴力和应力。

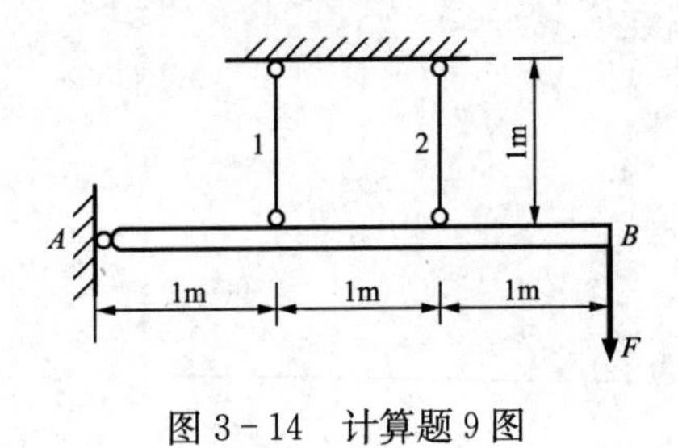

图 3-14　计算题 9 图

10. 图 3-15 所示阶梯形杆上端固定，下端与刚性底面留有空隙 $\Delta=0.08\text{mm}$。杆的上段是铜的，$A=4000\text{mm}^2$，$E_1=100\text{GPa}$；下段是钢的，$A_2=2000\text{mm}^2$，$E_2=200\text{GPa}$。在两段交界处，受向下的轴向荷载 F。求：

(1) F 为多少时下端空隙恰好消失；

(2) $F=500\text{kN}$ 时，各段的应力值。

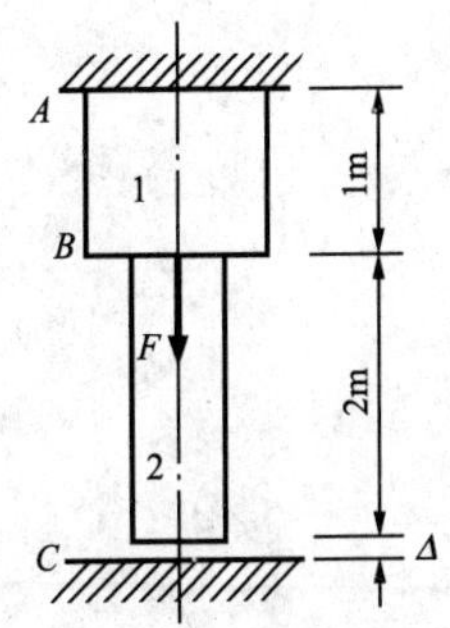

图 3-15　计算题 10 图

11. 图 3-16 所示结构中，AC 为水平刚性梁，杆 1、杆 2 和杆 3 为横截面面积相等的钢杆。已知 $E=200\text{GPa}$，$A=10\text{mm}^2$，线膨胀系数 $\alpha=12\times10^{-6}/℃$。试求当杆 3 的温度升高 $\Delta_t=40℃$时各杆的内力。

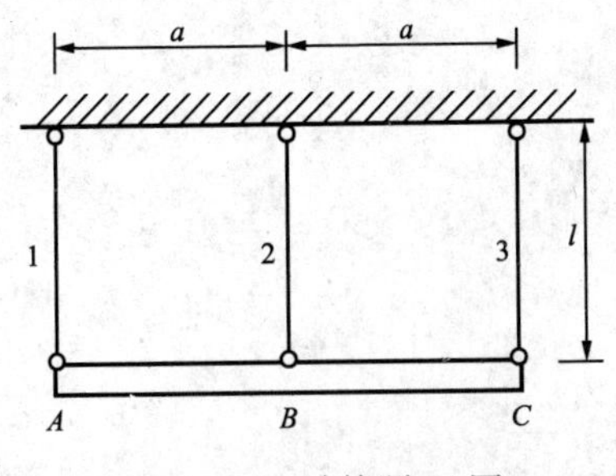

图 3-16　计算题 11 图

六、思考题

总结本章内容知识点，总结本章主要题型。

第四章　扭 转 变 形 习 题

一、选择题

1. 根据圆轴扭转的平面假设，可以认为圆轴扭转时横截面（　　）。

A. 形状尺寸不变，直线仍为直线　　B. 形状尺寸改变，直线仍为直线

C. 形状尺寸不变，直线不保持直线　　D. 形状尺寸改变，直线不保持直线

2. 已知图 4－1（a）、（b）所示两圆轴的材料和横截面面积均相等。若图 4－1（a）所示 B 端面相对于固定端 A 的扭转角为 φ，则图 4－1（b）所示 B 端面相对于固定端 A 的扭转角为（　　）。

A. φ　　B. 2φ　　C. 3φ　　D. 4φ

图 4－1　选择题 2 图

3. 空心圆轴扭转时，横截面上剪应力的分布规律可用（　　）或（　　）表示。

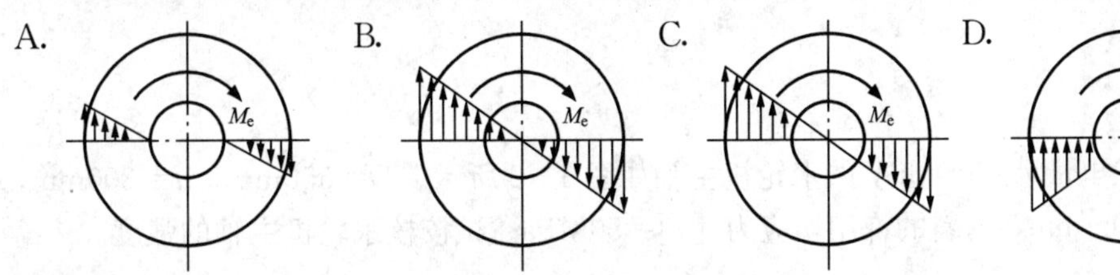

二、填空题

1. 在同一减速箱中，设高速转轴的直径为 d_1，低速转轴的直径为 d_2，两轴所用材料相同，两传动轴直径大小之间的比较关系应当是__________。

2. 实心圆轴，若其直径增加 1 倍，其抗扭截面系数 W_p 增大__________。

3. 铸铁圆轴受扭转破坏时，其断口形状为______________。

三、判断题

1. 在单元体两个相互垂直的截面上，切应力的大小可以相等，也可以不等；（　　）切应力的方向也不一定垂直于两面的交线。（　　）

2. 扭转切应力公式 $\tau_\rho=\dfrac{T\rho}{I_p}$，可以适用于任意截面形状的轴。（　　）

3. 受扭转的圆轴，最大切应力只出现在横截面上。（　　）

4. 圆轴扭转时，横截面上既有正应力，又有切应力。（　　）

5. 矩形截面杆扭转时，最大切应力发生于矩形截面长边的中点。（　　）

四、引导题

某空心轴外径 $D=100\text{mm}$，内外径之比 $\alpha=d/D=0.5$，轴的转速 $n=300\text{r/min}$，轴所传递功率 $P=150\text{kW}$，材料的切变模量（剪切弹性模量）$G=80\text{GPa}$，许用切应力 $[\tau]=40\text{MPa}$，许可单位长度扭转角 $[\theta]=0.5°/\text{m}$，试校核该轴的强度和刚度。

解 (1) 确定轴所受扭矩。由轴的传递功率、转速可知

$$T=9549\times\frac{P}{n}=9549\times\frac{150}{300}=\_\_\_\_\_\_\_\_\ \text{N}\cdot\text{m}。$$

(2) 强度校核，即

$$\tau_{\max}=\frac{T}{W_{\text{p}}}=$$

故该轴________强度要求。

(3) 刚度校核，即

$$\theta=\frac{T}{GI_{\text{p}}}\times\frac{180°}{\pi}=$$

故该轴________刚度要求。

五、计算题

1. 直径 $D=50\text{mm}$ 的圆轴受到扭矩 $T=2.15\text{kN}\cdot\text{m}$ 的作用。试求在距离轴心 10mm 处的切应力，并求该轴横截面上的最大切应力。

2. 发电量为 15000kW 的水轮机主轴如图 4-2 所示。$D=550\text{mm}$，$d=300\text{mm}$，正常转速 $n=250\text{r/min}$，材料的许用切应力 $[\tau]=50\text{MPa}$。试校核水轮机主轴的强度。

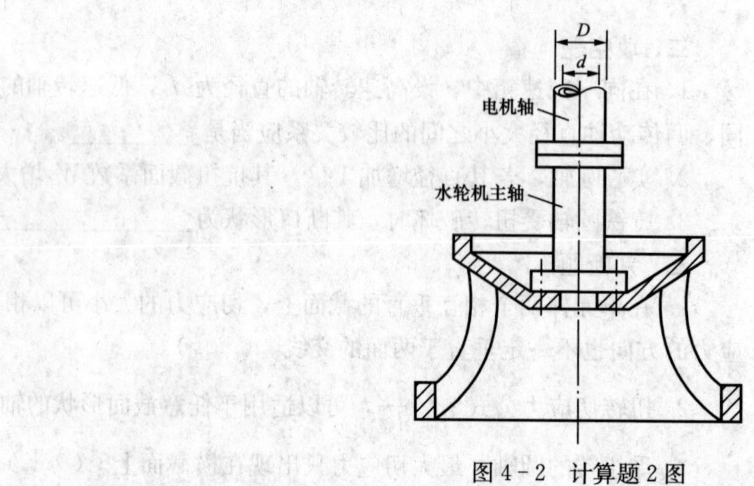

图 4-2 计算题 2 图

3. 图 4-3 所示直径 $D=200\text{mm}$ 的圆轴，其中 AB 段为实心，BC 段为空心，且内径 $d=10\text{mm}$，已知材料的许用切应力 $[\tau]=50\text{MPa}$。求外力偶矩 m 的许可值。

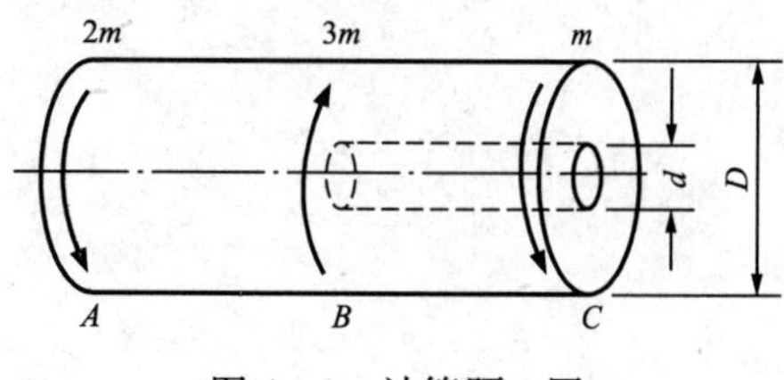

图 4-3　计算题 3 图

4. 阶梯形圆轴直径分别为 $d_1=40\text{mm}$，$d_2=70\text{mm}$，轴上装有 3 个皮带轮，如图 4-4 所示。已知由轮 3 输入的功率为 $P_3=30\text{kW}$，轮 1 输出的功率为 $P_1=13\text{kW}$，轴作匀速转动，转速 $n=200\text{r/min}$，材料的许用切应力 $[\tau]=60\text{MPa}$，切变模量 $G=80\text{GPa}$，许用单位长度扭转角 $[\theta]=2°/\text{m}$。试校核该轴的强度和刚度。

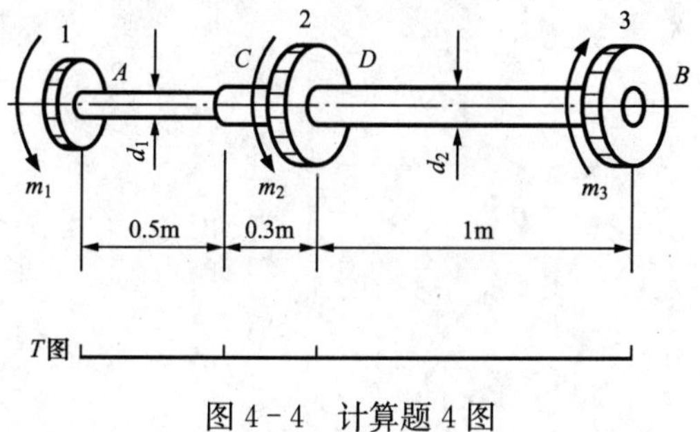

图 4-4　计算题 4 图

5. 图 4-5 所示传动轴的转速为 $n=500\text{r/min}$，主动轮 1 输入功率 $P_1=367.8\text{kW}$，从动轮 2、从动轮 3 的输出功率分别为 $P_2=147.15\text{kW}$，$P_3=220.65\text{kW}$。已知 $[\tau]=70\text{MPa}$，$[\theta]=1°/\text{m}$，$G=80\text{GPa}$。试求：

(1) AB 段的直径 d_1 和 BC 段的直径 d_2。

(2) 若 AB 和 BC 两段选用同一直径，试确定直径 d。

(3) 主动轮和从动轮应如何安排才比较合理？

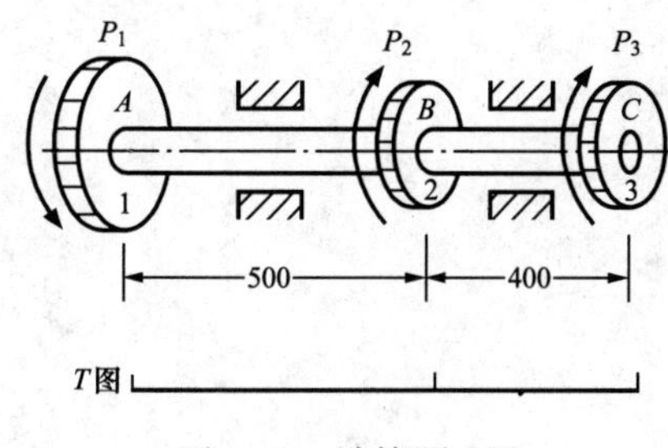

图 4-5　计算题 5 图

六、思考题

总结本章内容知识点，总结本章题型。

第五章　弯曲应力习题

一、选择题

1. 梁在集中力作用的截面处，则（　　）。

A. F_S 图有突变，M 图光滑连续　　B. F_S 图有突变，M 图有折角

C. M 图有突变，F_S 图光滑连续　　D. M 图有突变，F_S 图有折角

2. 梁在集中力偶作用截面处，则（　　）。

A. F_S 图有突变，M 图无变化　　B. F_S 图有突变，M 图有折角

C. M 图有突变，F_S 图无变化　　D. M 图有突变，F_S 图有折角

3. 梁在某截面处 $F_S=0$，则该截面处弯矩有（　　）。

A. 极值　　B. 最大值　　C. 最小值　　D. 零值

4. 在梁某一段内作用有向下的分布荷载时，则在该段内 M 图是一条（　　）。

A. 上凸曲线　　B. 下凹曲线　　C. 带有拐点的曲线

5. 设计钢梁时，宜采用中性轴为（　　）的截面；设计铸铁梁时，宜采用中性轴为（　　）的截面。

A. 对称轴　　B. 偏于受拉边的非对称轴

C. 偏于受压边的非对称轴　　D. 对称或非对称轴

6. 图 5-1 所示两根矩形截面的木梁按两种方式拼成一组合梁（拼接的面上无粘胶），梁的两端受力偶矩 M_0 作用，以下结论中（　　）是正确的。

A. 两种情况的 σ_{max} 相同　　B. 两种情况正应力分布形式相同

C. 两种情况中性轴的位置相同　　D. 两种情况都属于纯弯曲

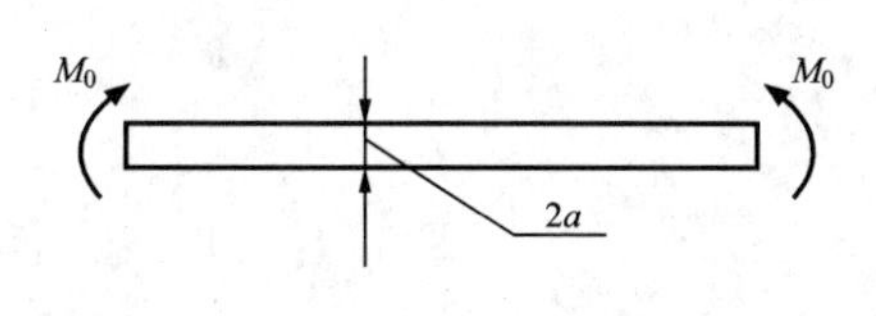

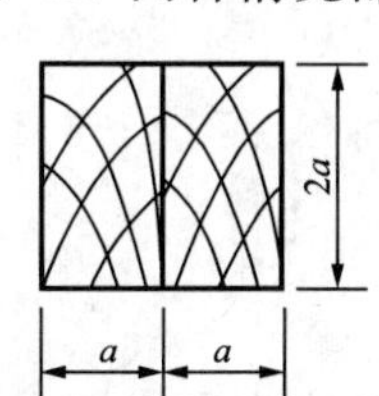

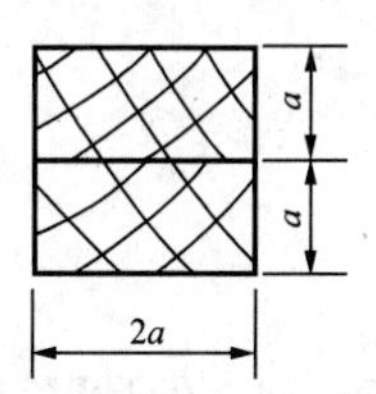

图 5-1　选择题 6 图

7. 非对称的薄壁截面梁承受横向力时，若要求梁只产生平面弯曲而不发生扭转，则横向力作用的条件是（　　）。

A. 作用面与形心主惯性平面重合

B. 作用面与形心主惯性平面平行

C. 通过弯曲中心的任意平面

D. 通过弯曲中心，且平行于形心主惯性平面

8. 梁在横向力作用下发生平面弯曲时，横截面上最大正应力点和最大切应力点的应力情况是（　　）。

A. 最大正应力点的切应力一定为零，最大切应力点的正应力不一定为零

B. 最大正应力点的切应力一定为零，最大切应力点的正应力也一定为零

C. 最大切应力点的正应力一定为零，最大正应力点的切应力不一定为零

D. 最大正应力点的切应力和最大切应力点的正应力都不一定为零

二、填空题

1. 梁的横截面面积为A，抗弯截面系数为W，衡量截面合理性和经济性的指标是________________。

2. 梁的横截面为钻有径向小孔的圆截面，如图5-2所示，根据强度要求，孔中心线与横向水平轴z的夹角α的合理值应为（　）。

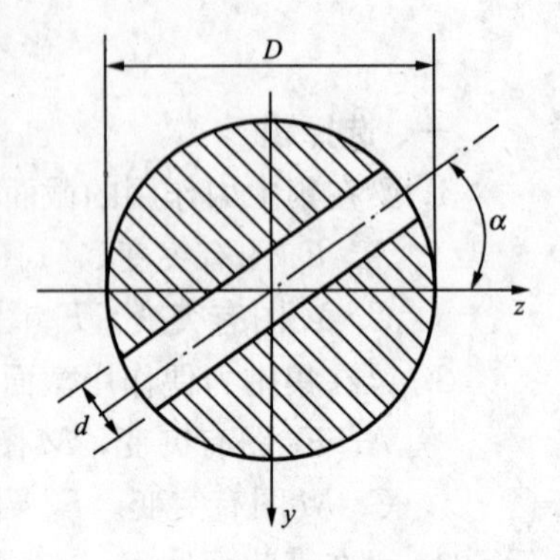

图5-2　填空题2图

三、判断题

1. 梁发生平面弯曲的必要条件是梁至少具有一纵向对称平面，且外力作用在该对称面内。（　）

2. 作用在梁上的顺时针方向转动的外力偶矩所产生的弯矩为正，反之为负。（　）

3. 若在某一梁段内无荷载作用，则该段内的弯矩图必定是一直线段。（　）

4. 若在结构对称的梁上作用有反对称的荷载，则该梁具有对称的剪力图和反对称的弯矩图。（　）

5. 设梁的横截面为正方形，为增加抗弯截面系数、提高梁的强度，应使中性轴通过正方形的对角线。（　）

四、计算题

1. 长度为250mm、横截面尺寸为$b\times h=25\text{mm}\times0.8\text{mm}$的薄钢尺，由于两端外力偶矩的作用而弯成圆心角为60°的圆弧。已知材料的弹性模量$E=200\text{GPa}$。试求钢尺中的最大正应力。

2. 矩形截面的悬臂梁受集中力和集中力偶作用，如图5-3所示。y轴和z轴为截面的形心主轴，试求截面m—m和固定端截面n—n上A、B（距下边缘的距离为50mm）、C、D 4点处的正应力。

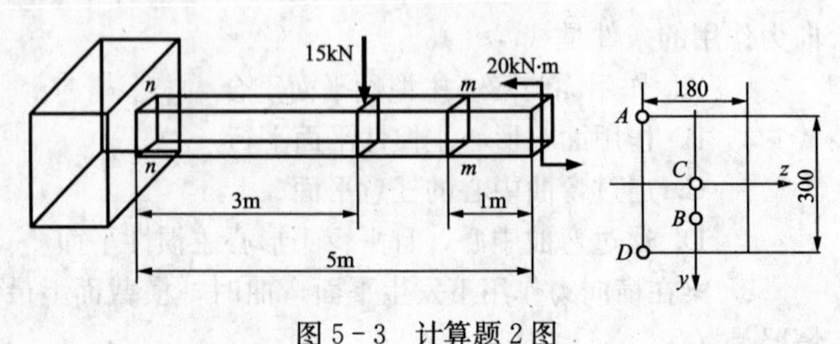

图5-3　计算题2图

3. 简支梁的荷载情况及尺寸如图 5－4 所示。试求梁的下边缘总伸长。

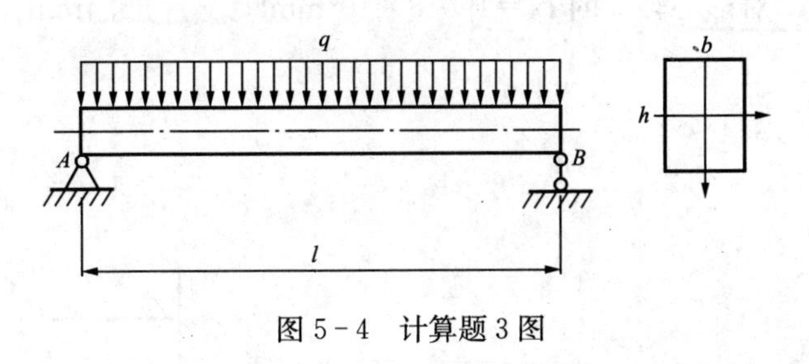

图 5－4 计算题 3 图

4. 图 5－5 所示工字钢外伸梁，$l=4$m，$q=20$kN/m，$F=10$kN，材料的 $[\sigma]=160$MPa，$[\tau]=100$MPa。试选择工字钢型号。

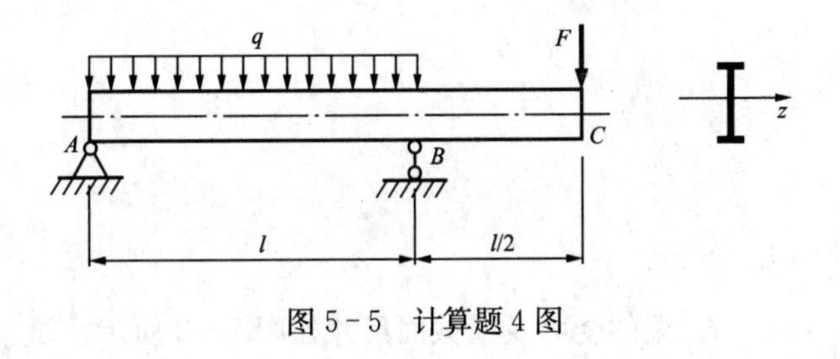

图 5－5 计算题 4 图

5. 图 5－6 所示矩形截面钢梁，已知 $q=20$kN/m，$F=20$kN，$M=20$kN·m，$[\sigma]=200$MPa，$[\tau]=60$MPa。试校核该梁的强度。

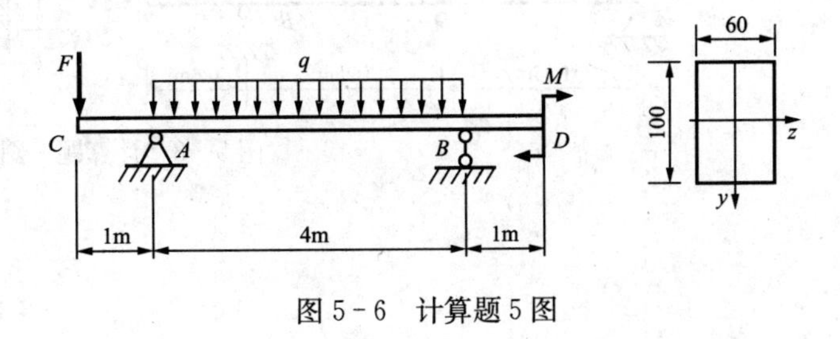

图 5－6 计算题 5 图

6. 图 5-7 所示 T 形截面铸铁悬臂梁，若材料的 $[\sigma^{+}]=40\text{MPa}$，$[\sigma^{-}]=160\text{MPa}$，截面对形心轴 z 的 $I_x=1.018\times10^{8}\text{mm}^4$，$y_1=96.4\text{mm}$。试求该梁的许用荷载 $[F]$。

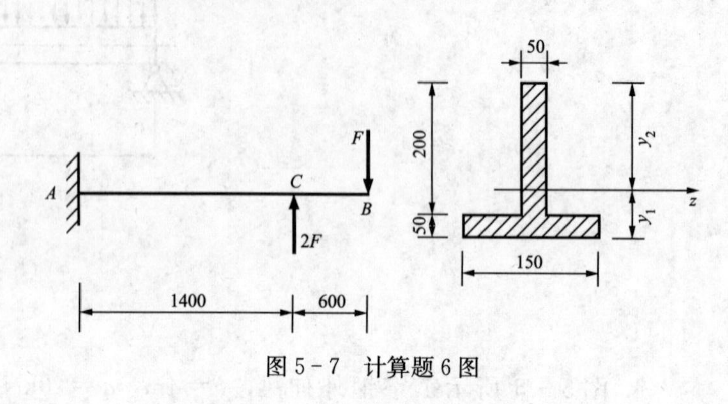

图 5-7 计算题 6 图

7. 梁的受力及横截面尺寸如图 5-8 所示。试求：

(1) 梁的剪力图和弯矩图；

(2) 梁内最大拉应力与最大压应力；

(3) 梁内最大切应力。

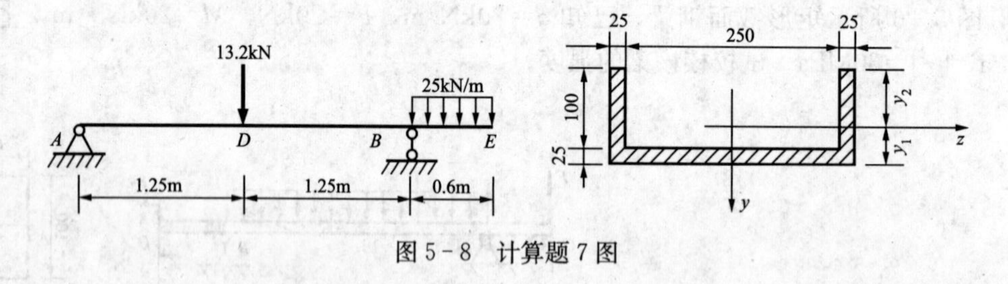

图 5-8 计算题 7 图

五、思考题

总结本章内容知识点，总结本章题型。

第六章　梁弯曲时的位移习题

一、选择题

1. 将桥式起重机的主钢梁设计成两端外伸的外伸梁较简支梁有利，其理由是（　　）。

A. 减小了梁的最大弯矩值　　B. 减小了梁的最大剪力值

C. 减小了梁的最大挠度值　　D. 增加了梁的抗弯刚度值

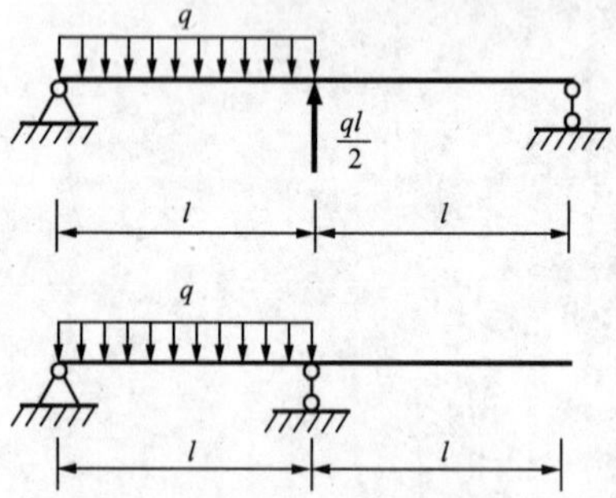

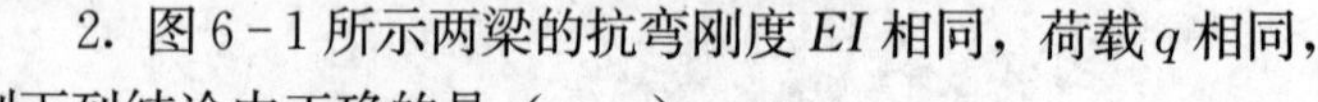

2. 图6-1所示两梁的抗弯刚度EI相同，荷载q相同，

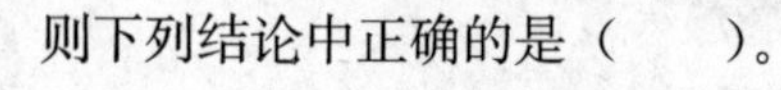

则下列结论中正确的是（　　）。

A. 两梁对应点的内力和位移相同

B. 两梁对应点的内力和位移不同

C. 内力相同，位移不同

D. 内力不同，位移相同

图6-1　选择题1图

3. 图6-2所示三梁中w_a、w_b、w_c分别表示图6-2(a)、(b)、(c)的中点位移，则下列结论中正确的是（　　）。

A. $w_a=w_b=2w_c$　　B. $w_a>w_b=2w_c$　　C. $w_b>w_a>w_c$　　D. $w_a\neq w_b=2w_c$

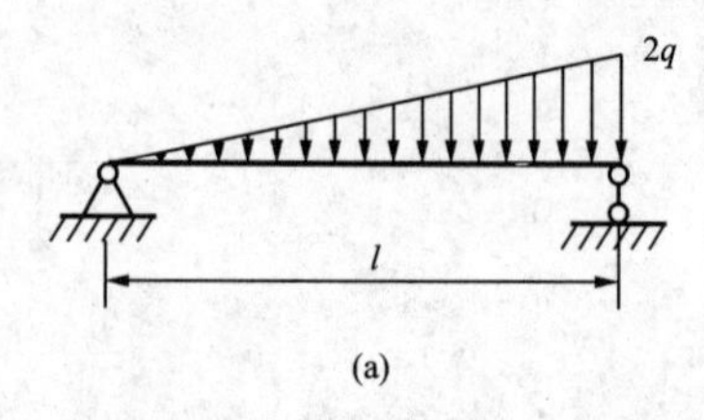

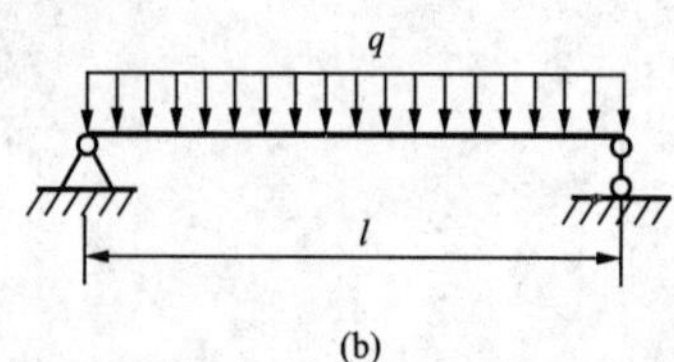

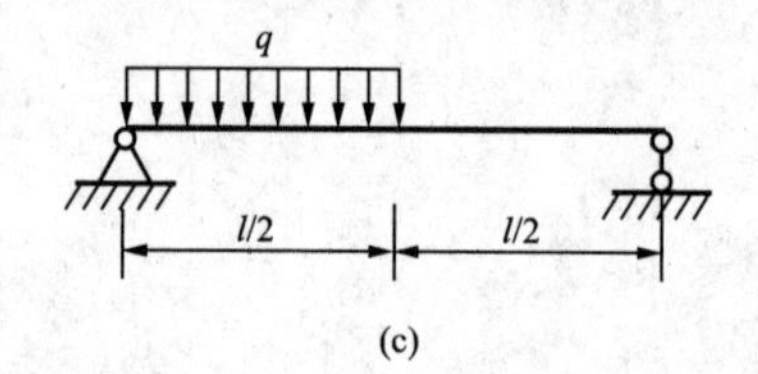

图6-2　选择题2图

4. 为提高梁的弯曲刚度，可通过（　　）来实现。

A. 选择优质材料

B. 合理安置梁的支座，减小梁的跨长

C. 减少梁上作用的荷载

D. 选择合理的截面形状

5. 等截面直梁在弯曲变形时，挠曲线的最大曲率发生在（　　）处。

A. 挠度最大　　B. 转角最大　　C. 剪力最大　　D. 弯矩最大

二、填空题

用积分法求图6-3所示梁的挠曲线方程时，需要应用的边界条件是__________；连续条件是________________。

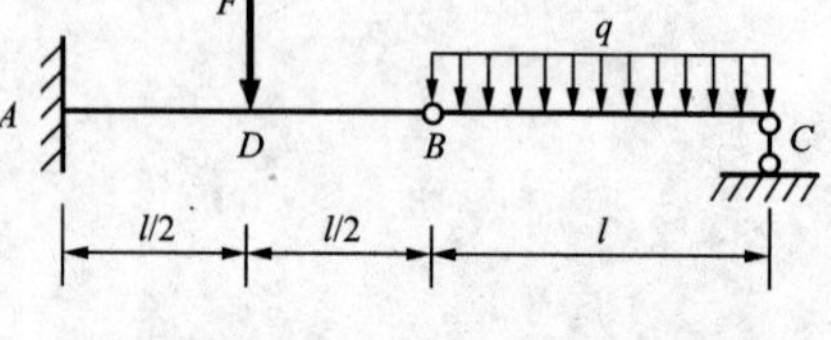

图6-3　填空题图

三、判断题

1. 梁内弯矩为零的横截面其挠度也为零。（　　）

2. 梁的最大挠度处横截面转角一定等于零。(　　)

3. 梁挠曲线的大致形状与梁的弯矩图和梁的支承条件有关。(　　)

4. 超静定梁的基本静定系必须是静定的和几何不变的。(　　)

5. 温度应力和装配应力都将使超静定梁的承载能力降低。(　　)

四、计算题

1. 试用积分法求图 6-4 所示各梁的挠曲线方程、最大挠度和最大转角，EI 为常量。

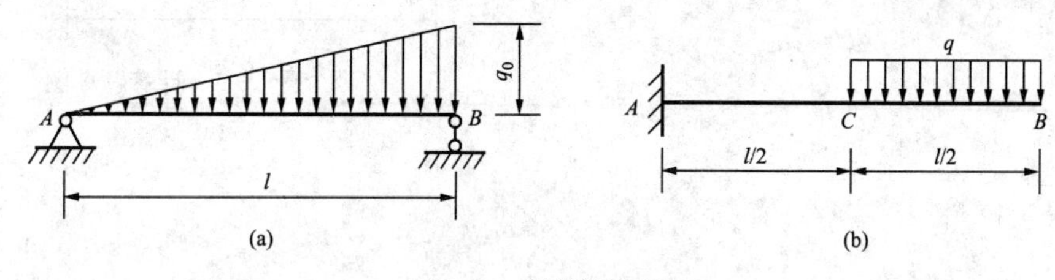

图 6-4　计算题 1 图

2. 试用叠加法求图 6-5 所示各梁中 C 截面的 θ_c 及 ω_C，EI 为常量。

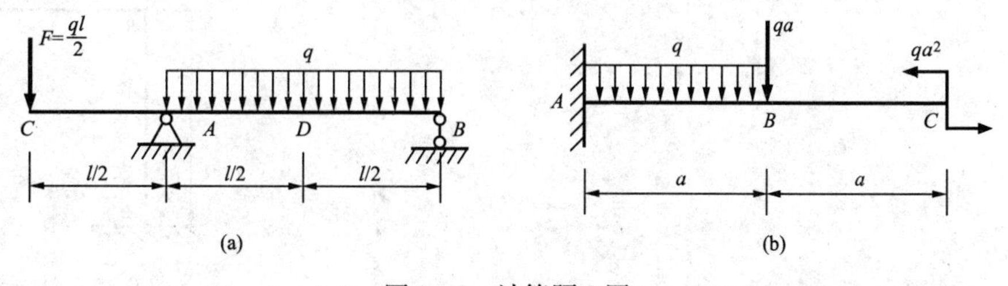

图 6-5　计算题 2 图

3. 图 6－6 所示简支梁由两根 22a 槽钢组成。$L=4\text{m}$，$q=10\text{kN/m}$，$E=200\text{GPa}$，$[\sigma]=100\text{MPa}$，$[f]=\frac{1}{1000}$，试校核该梁的强度和刚度（考虑自重的影响）。

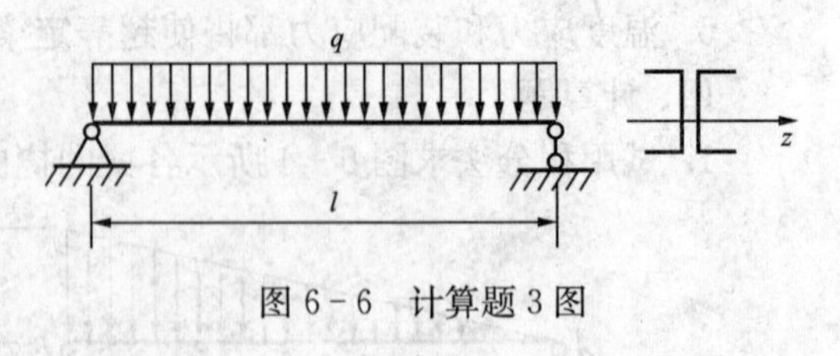

图 6－6 计算题 3 图

4. 试按叠加原理求图 6－7 所示平面折杆自由端截面 C 的铅垂位移和水平位移。已知杆各段的横截面面积均为 A，弯曲刚度均为 EI。

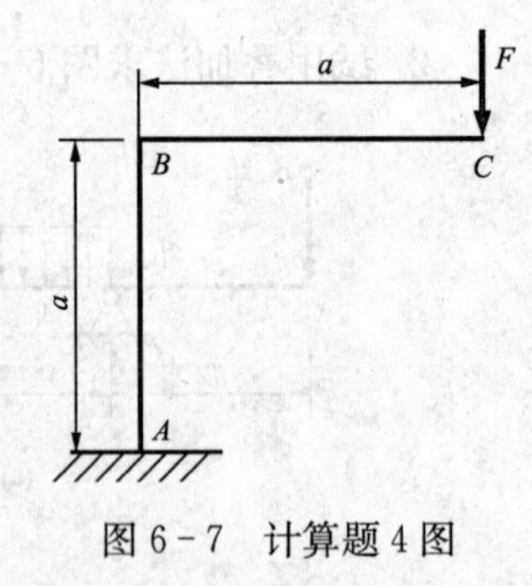

图 6－7 计算题 4 图

5. 图 6－8 所示结构中，在截面 A、D 处承受一对等值、反向的力 F，已知各段杆的 EI 均相等。试按叠加原理求 A、D 两截面间的相对位移。

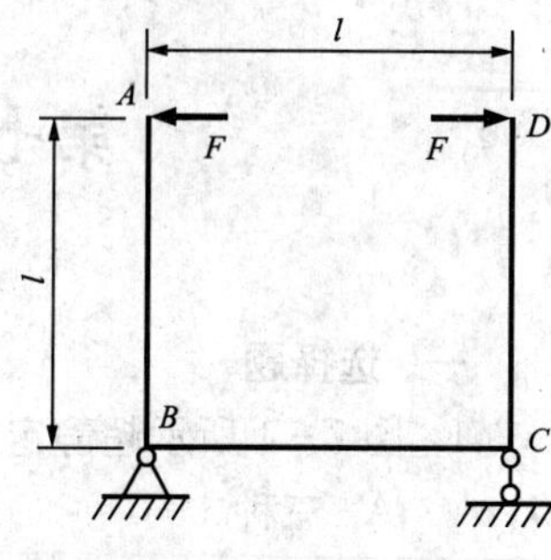

图 6-8　计算题 5 图

五、思考题

总结本章内容知识点，总结本章题型。

第七章　简单的超静定结构习题

一、选择题

1. 图 7-1 所示超静定桁架，能选取的相当系统最多有（　　）。

   A. 三种　　B. 五种　　C. 四种　　D. 六种

2. 图 7-2 所示刚架截面 A、B 上的弯矩分别为 M_A 和 M_B，由结构对称性可知（　　）。

   A. $M_A=0$，$M_B\neq0$　　B. $M_A\neq0$，$M_B=0$

   C. $M_A=M_B=0$　　D. $M_A\neq0$，$M_B\neq0$

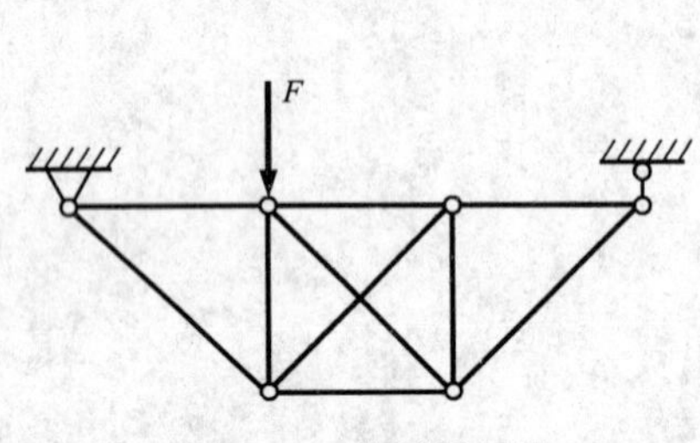

图 7-1　选择题 1 图

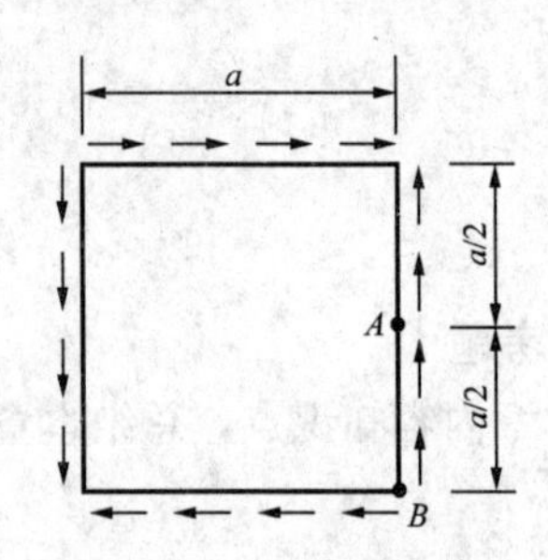

图 7-2　选择题 2 图

二、填空题

判别图 7-3 所示各结构的超静定次数：图 7-3（a）是__________；图 7-3（b）是__________；图 7-3（c）是__________；图 7-3（d）是__________。

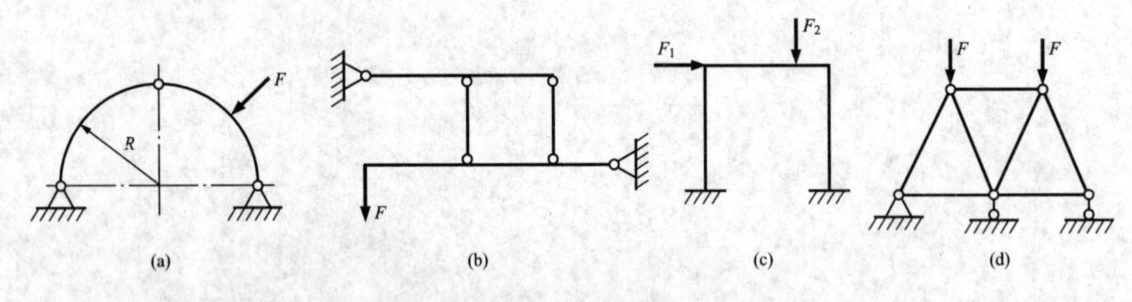

图 7-3　填空题图

三、判断题

1. 超静定结构的相当系统和补充方程不是唯一的，但其解答结果是唯一的。（　　）
2. 工程中各种结构的支座沉陷都将引起结构的变形和应力。（　　）
3. 若结构和荷载均对称于同一轴，则结构的变形和内力必对称于该对称轴。（　　）

四、作图题

作图 7-4 所示刚架的弯矩图，各杆的 EI 均为常量。

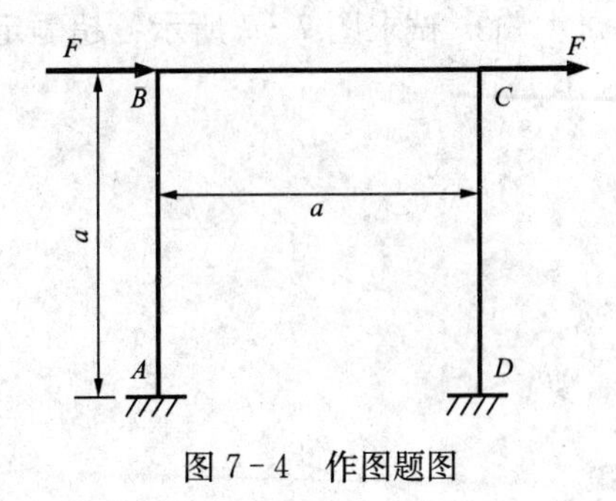

图 7-4　作图题图

五、计算题

1. 图 7-5 所示两端固定的梁 AB，EI 为常量。试求：

(1) 作梁的弯矩图；

(2) 中点 C 的挠度。

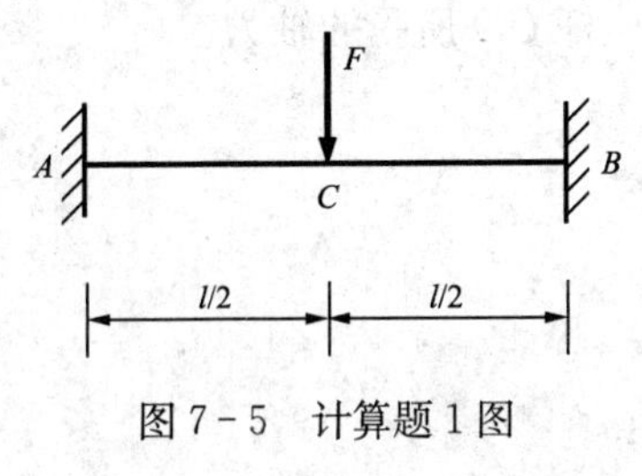

图 7-5　计算题 1 图

2. 图 7-6 所示梁杆混合结构，AD 梁的 EI 已知，其余各杆的 EA 相同。试求 BC 杆的内力（不计梁的轴力和剪力）。

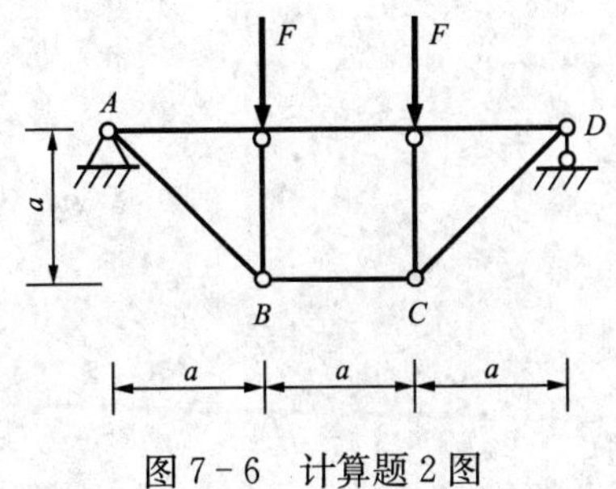

图 7-6　计算题 2 图

3. 试求图 7-7 所示各超静定梁的支座反力，并画出剪力图和弯矩图，EI 为常量。

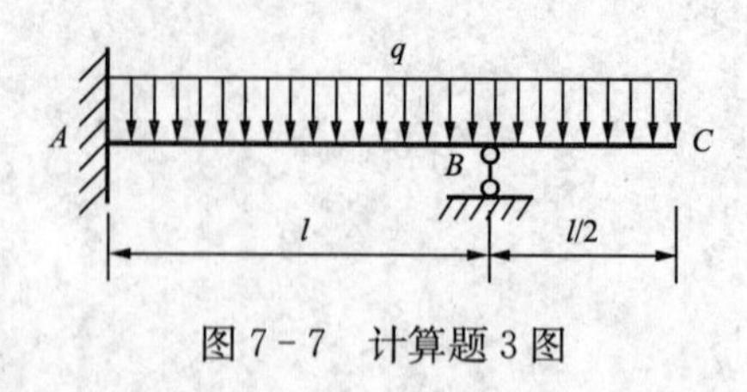

图 7-7　计算题 3 图

4. 图 7-8 所示梁 AB 的抗弯刚度为 EI，拉杆 CD 的抗拉刚度为 EA，且 $I=Al^2$，试求杆 CD 所受的轴力。

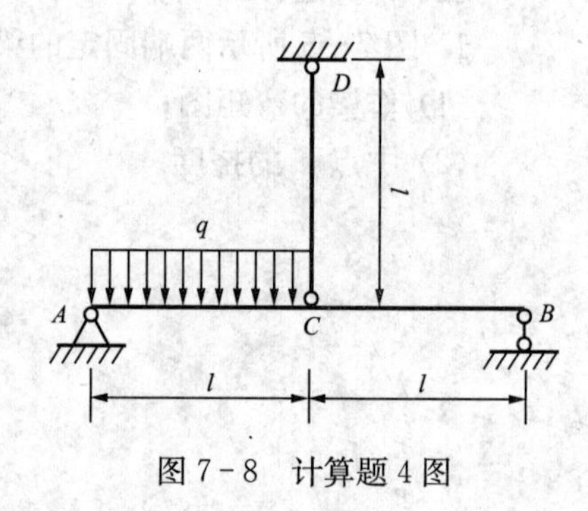

图 7-8　计算题 4 图

5. 图 7-9 所示悬臂梁的抗弯刚度 $EI=30\text{kN}\cdot\text{m}^2$，弹簧的刚度 $K=175\text{kN/m}$。若梁与弹簧间的空隙 $\delta=1.25\text{mm}$。当力 $F=450\text{N}$ 作用于梁的自由端时，试问弹簧将分担多大的力?

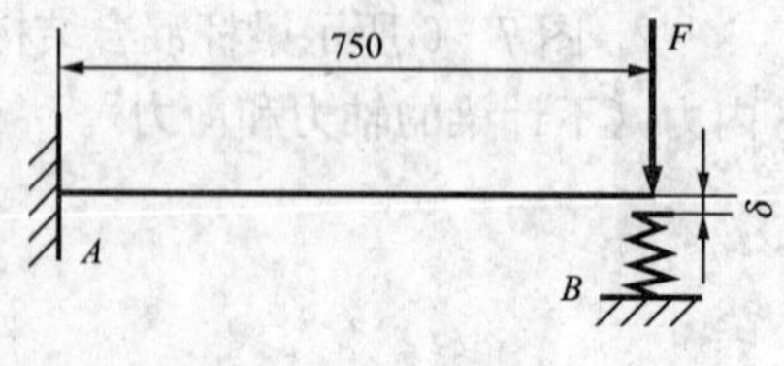

图 7-9　计算题 5 图

六、思考题

总结本章内容知识点，总结本章题型。

第八章　应力状态和强度理论习题

一、选择题

1. 过受力构件内任一点，取截面的不同方位，各个面上的（　　）。

A. 正应力相同，切应力不同　　B. 正应力不同，切应力相同

C. 正应力相同，切应力相同　　D. 正应力不同，切应力不同

2. 在单元体的主平面上（　　）。

A. 正应力一定最大　　B. 正应力一定为零

C. 切应力一定最小　　D. 切应力一定为零

3. 图 8－1 所示单元体，已知正应力为 σ，切应力为 $\tau=\dfrac{\sigma}{2}$。下列结果中正确的是（　　）。

A. $\tau_{\max}=\dfrac{3}{4}\sigma$，$\varepsilon_z=\dfrac{\sigma}{E}$　　B. $\tau_{\max}=\dfrac{3}{2}\sigma$，$\varepsilon_z=\dfrac{\sigma}{E}(1-\mu)$

C. $\tau_{\max}=\dfrac{1}{2}\sigma$，$\varepsilon_z=\dfrac{\sigma}{E}$　　D. $\tau_{\max}=\dfrac{1}{2}\sigma$，$\varepsilon_z=\dfrac{\sigma}{E}\left(1-\dfrac{\mu}{2}\right)$

4. 以下四种受力构件，需用强度理论进行强度校核的是（　　）。

A. 承受水压力作用的无限长水管　　B. 承受内压力作用的两端封闭的薄壁圆筒

C. 自由扭转的圆轴　　D. 齿轮传动轴

5. 对于危险点为二向拉伸应力状态的铸铁构件，应使用（　　）强度理论进行计算。

A. 第一　　B. 第二

C. 第一和第二　　D. 第三和第四

6. 图 8－2 所示两危险点应力状态，其中 $\sigma=\tau$，按第四强度理论比较危险程度，则（　　）。

A.（a）较危险　　B. 两者危险程度相同

C.（b）较危险　　D. 不能判断

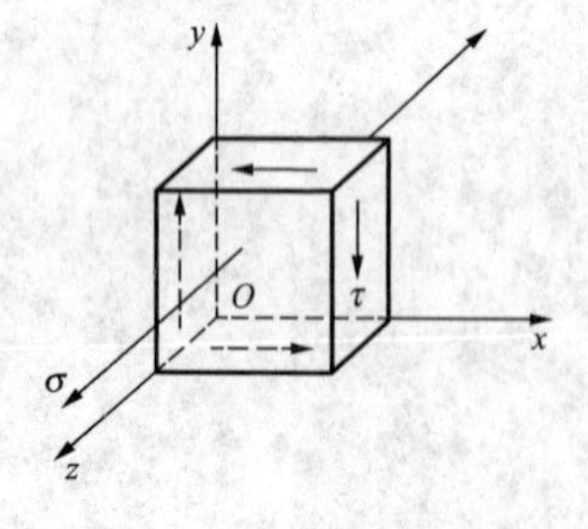

图 8－1　选择题 3 图

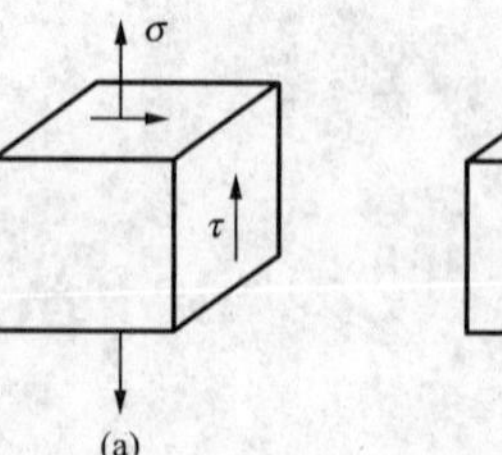

图 8－2　选择题 6 图

二、填空题

1. 设单向拉伸等直杆横截面上的正应力为 σ，则杆内任一点处的最大正应力和最大切应力分别为________________。

2. 图 8－3 所示各单元体（应力单位 MPa）属于何种应力状态？图 8－3（a）

____________，图 8－3（b）____________，图 8－3（c）____________。

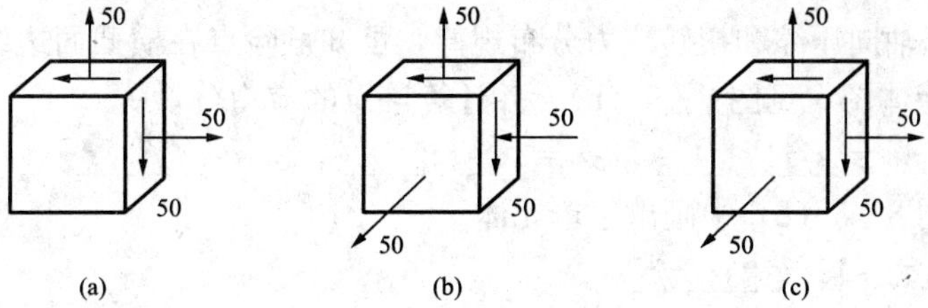

图 8－3　填空题 2 图

3. 试画出图 8－4 所示各应力圆所对应的单元体并指出其应力状态：图 8－4（a）____________，图 8－4（b）____________，图 8－4（c）____________。

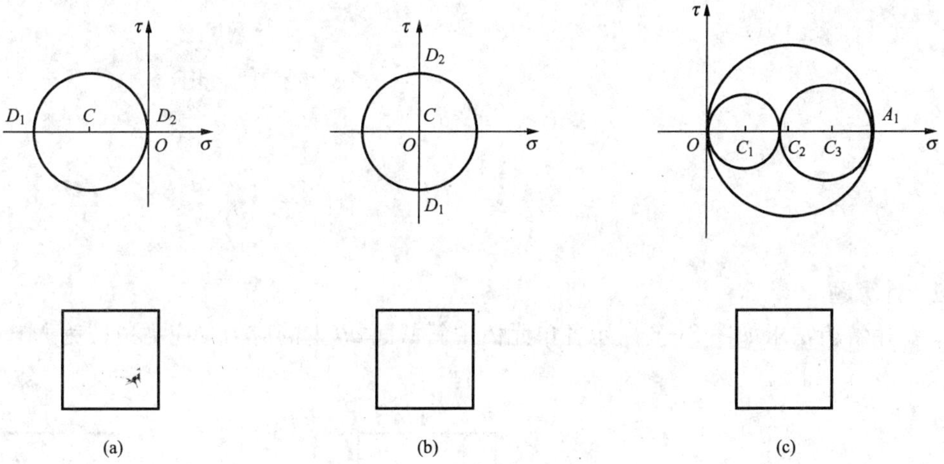

图 8－4　填空题 3 图

4. 在复杂应力状态下，应根据____________和____________选择合适的强度理论进行强度计算。

5. 对纯剪切应力状态，按第一和第三强度理论确定出材料的许用切应力［τ］和许用正应力［σ］之间的关系分别为____________和____________。

三、判断题

1. 纯剪切单元体属于单向应力状态。（　　）

2. 纯弯曲梁上任一点的单元体均属于二向应力状态。（　　）

3. 不论单元体处于何种应力状态，其最大切应力均等于 $\frac{\sigma_1-\sigma_3}{2}$。（　　）

4. 构件上一点处沿某方向的正应力为零，则该方向的线应变也为零。（　　）

5. 在单元体上叠加一个三向等拉应力状态后，其形状改变比能不变。（　　）

四、引导题

图 8－5（a）所示直径为 $D=40\text{mm}$ 的实心轴承受力 $F=50\text{kN}$ 和力偶矩 $M=400\text{N}\cdot\text{m}$ 的联合作用。试求：

（1）危险点的应力值，并画出危险点的单元体；

（2）该单元体的主应力大小、主平面方位，并画出主单元体；

（3）该单元体的最大切应力。

解 （1）根据轴向压缩和扭转应力分布规律，可知危险点在横截面边缘上各点，取边缘上一点 k 画出单元体图，见图 8-5（b），并计算该点的应力分量。

（2）主应力 $\sigma_1=$ ________，$\sigma_2=$ ________，$\sigma_3=$ ________；主平面为 $\alpha_0=$ ________。在图 8-5（b）中画出主单元体。

（3）最大切应力 $\tau_{max}=$ ________。

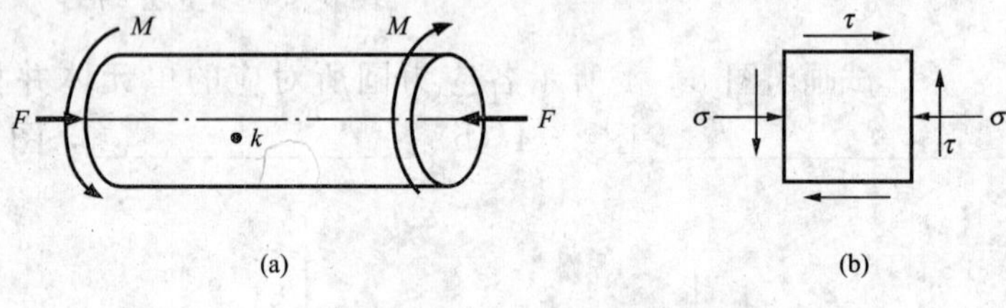

图 8-5 引导题图

五、计算题

1. 试用解析法求如图 8-6 所示各单元体中斜截面 ab 上的应力（应力单位为 MPa）。

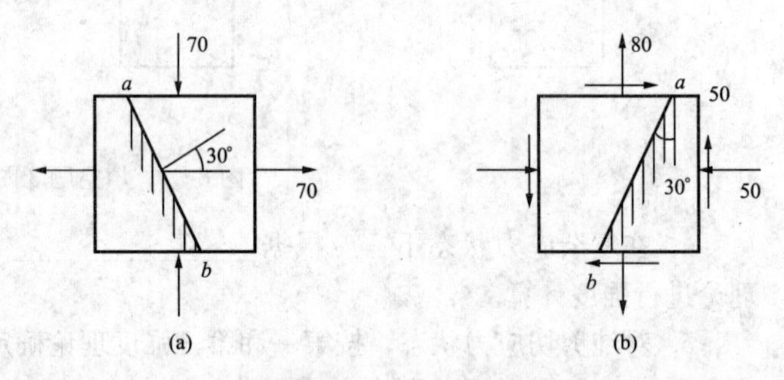

图 8-6 计算题 1 图

2. 图 8-7 所示已知应力状态中应力单位为 MPa。试用解析法求：

（1）主应力的大小和主平面的位置；

（2）在单元体上绘出主平面的位置及主应力方向；

（3）最大切应力。

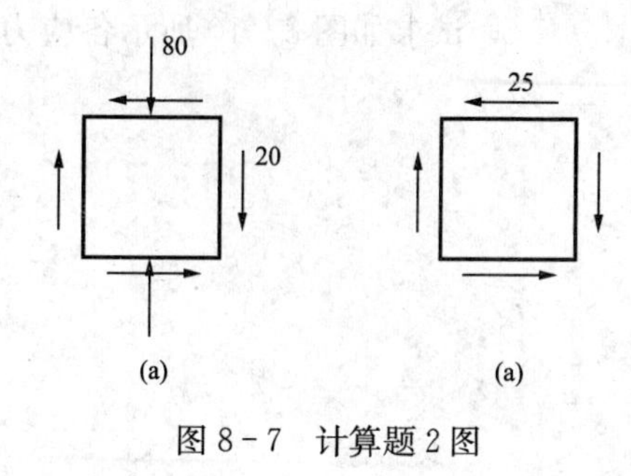

图 8－7　计算题 2 图

3. 图 8－8 所示锅炉的内径 $d=1$m，壁厚 $\delta=10$mm，内受蒸汽压力 $p=3$MPa。试求：
(1) 壁内主应力 σ_1、σ_2 及最大切应力 τ_{max}；
(2) 斜截面 ab 上的正应力及切应力。

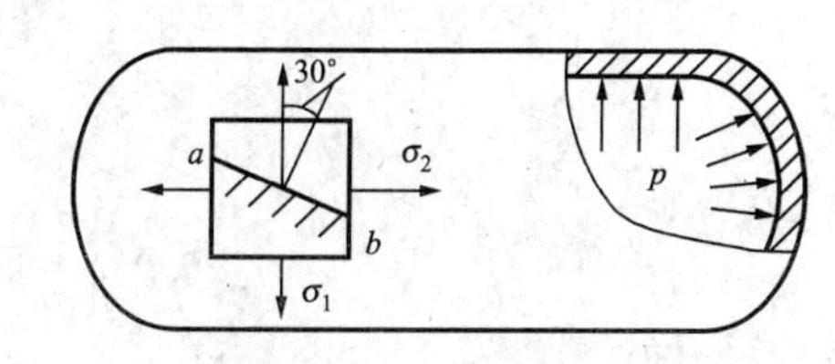

图 8－8　计算题 3 图

4. 已知应力状态如图 8－9 所示，应力单位为 MPa。试用图解法求：
(1) 主应力的大小和主平面的位置；
(2) 在单元体上绘出主平面的位置及主应力方向；
(3) 最大切应力。

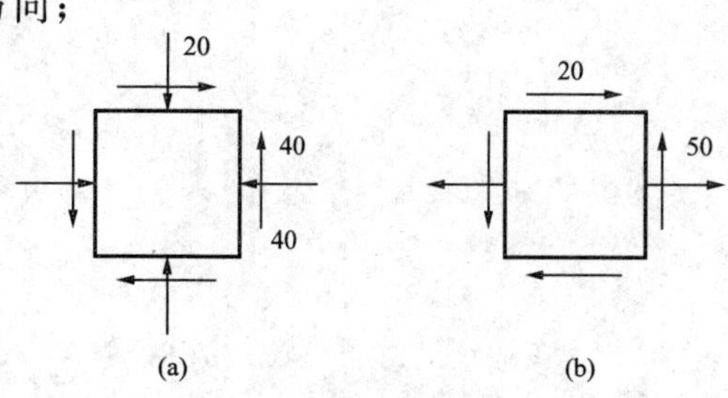

图 8－9　计算题 4 图

5. 试求如图 8－10 所示各应力状态的主应力及最大切应力，应力单位为 MPa。

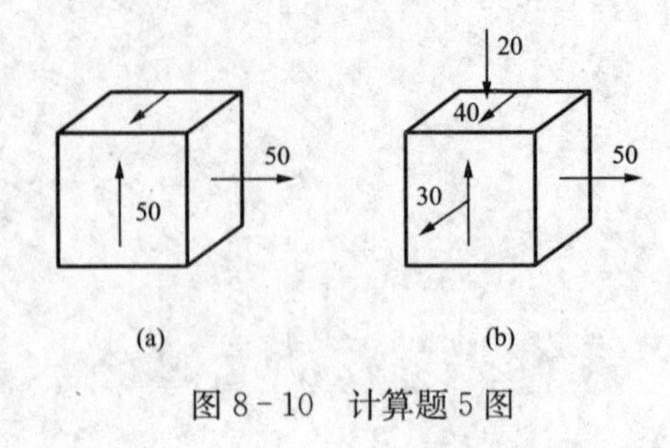

图 8－10 计算题 5 图

6. 从钢构件内某一点的周围取出一单元体如图 8－11 所示。根据理论计算已经求得 $\sigma=30\text{MPa}$，$\tau=15\text{MPa}$。材料常数为 $E=200\text{GPa}$，$\mu=0.3$。试求对角线 AC 的长度改变 Δl。

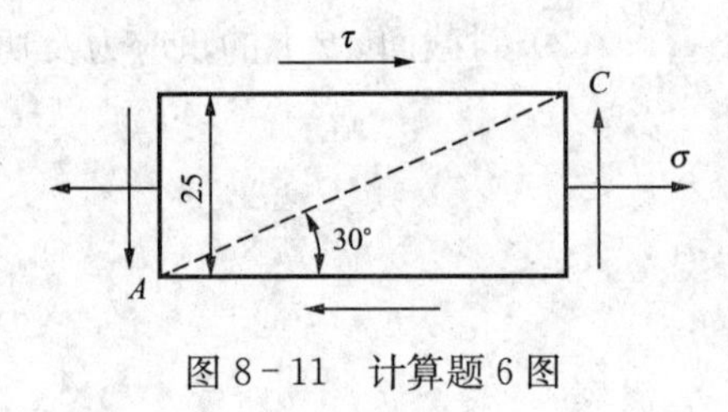

图 8－11 计算题 6 图

7. 用电阻应变仪测得如图 8－12 所示空心钢轴表面某点处与母线成 45°方向上的线应变 $\varepsilon=2.0\times10^{-4}$，已知该轴转速为 120r/min，$G=80\text{GPa}$，试求轴所传递的功率 P。

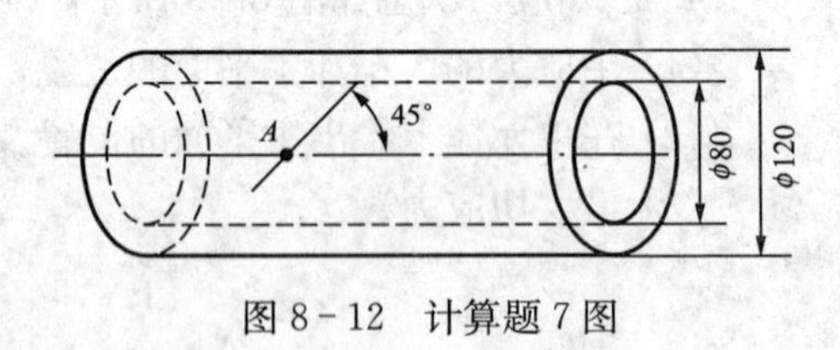

图 8－12 计算题 7 图

8. 在一体积较大的钢块上开一个贯穿的槽如图 8－13 所示，其宽度和深度都是 10mm。在槽内紧密无隙地嵌入一 10mm×10mm×10mm 的铝质立方块。当铝块受到 $F=6\text{kN}$ 作用时，求铝块的三个主应力及相应的变形（假设钢块不变形，铝块的材料常数为 $E=70\text{GPa}$，$\nu=0.33$）。

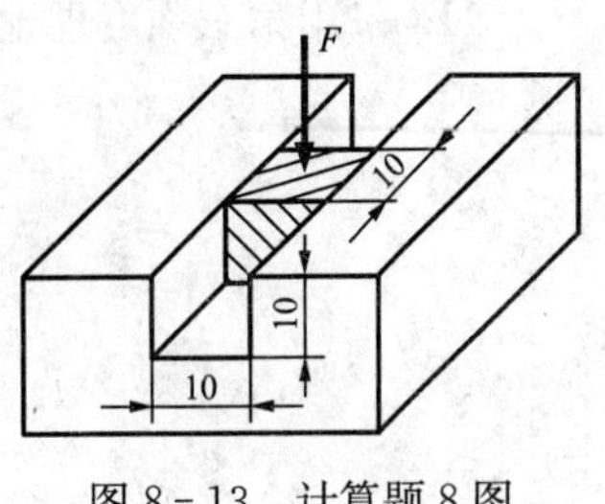

图 8－13　计算题 8 图

9. 在如图 8－14 所示矩形截面梁中，测得在 C 截面中性层上 k 点处沿 45°方向的线应变为 $\varepsilon_{45^\circ}=-8.4\times10^{-5}$。已知：$h=120\text{mm}$，$b=40\text{mm}$，$l=1.5\text{m}$，$E=200\text{GPa}$，$\nu=0.3$。试求载荷 F 之值。

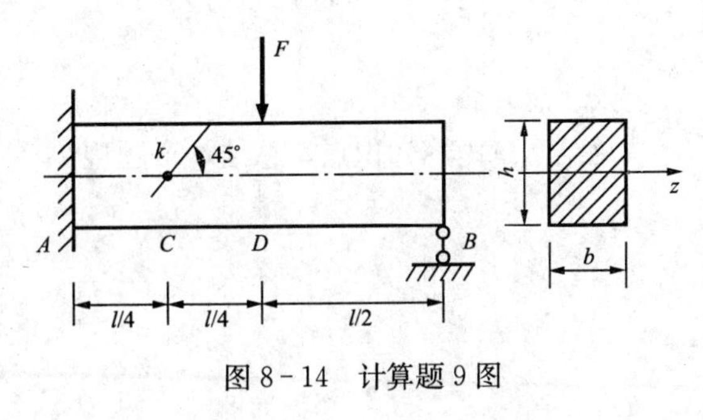

图 8－14　计算题 9 图

10. 两端封闭的铸铁薄壁圆筒，其直径 $D=100\text{mm}$，壁厚 $\delta=5\text{mm}$。材料许用应力 $[\sigma]=40\text{MPa}$，泊松比 $\mu=0.30$，试用强度理论确定可以承受的内压强 p。

11. 采用第三强度理论对如图 8－15 所示简支梁进行全面强度校核，已知 $[\sigma]=160\text{MPa}$。

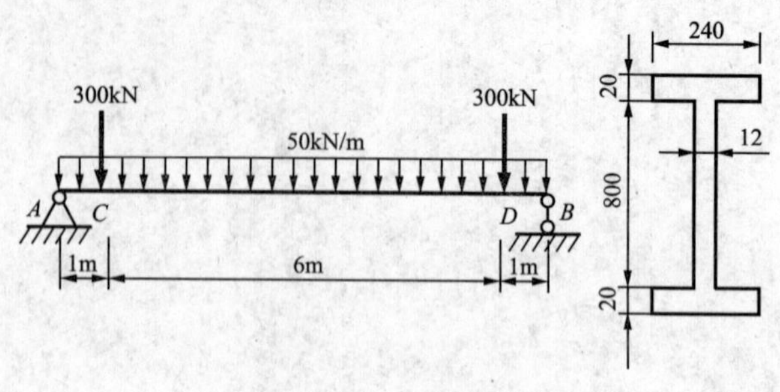

图 8－15 计算题 11 图

六、思考题

总结本章内容知识点，总结本章题型。

第九章　组合变形及连接部分习题

一、选择题

1. 图 9-1（a）所示杆件承受轴向拉力 F，若在杆上分别开一侧、两侧切口如图 9-1（b）、（c）所示。令图 9-1（a）、（b）、（c）中杆的最大拉应力分别为 $\sigma_{1\max}$、$\sigma_{2\max}$ 和 $\sigma_{3\max}$，则下述结论中（　　）是错误的。

A. $\sigma_{1\max}$ 一定小于 $\sigma_{2\max}$　　　B. $\sigma_{1\max}$ 一定小于 $\sigma_{3\max}$

C. $\sigma_{3\max}$ 一定大于 $\sigma_{2\max}$　　　D. $\sigma_{3\max}$ 可能小于 $\sigma_{2\max}$

2. 对于偏心压缩的杆件，下述结论中（　　）是错误的。

A. 截面核心是指保证中性轴不穿过横截面且位于截面形心附近的一个区域

B. 中性轴是一条不通过截面形心的直线

C. 外力作用点与中性轴始终处于截面形心的相对两边

D. 截面核心与截面的形状、尺寸及荷载大小有关

3. 如图 9-2 所示，在平板和受拉螺栓之间垫上一个垫圈，可以提高（　　）强度。

A. 螺栓的拉伸　　　B. 螺栓的剪切

C. 螺栓的挤压　　　D. 平板的挤压

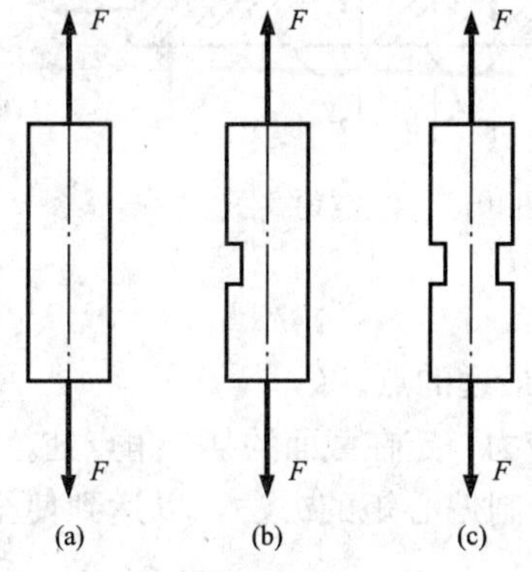

图 9-1　选择题 1 图

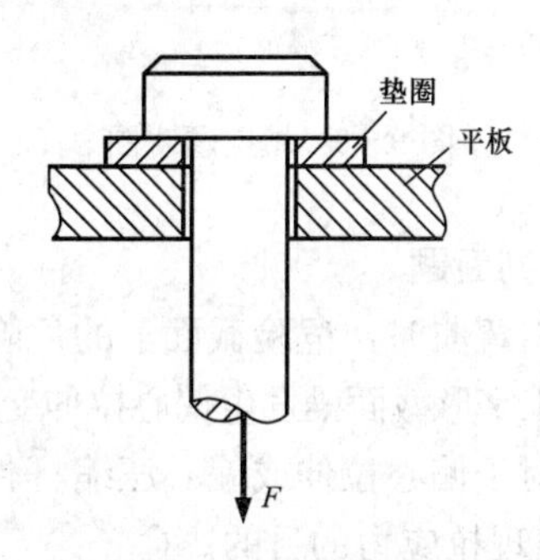

图 9-2　选择题 3 图

二、填空题

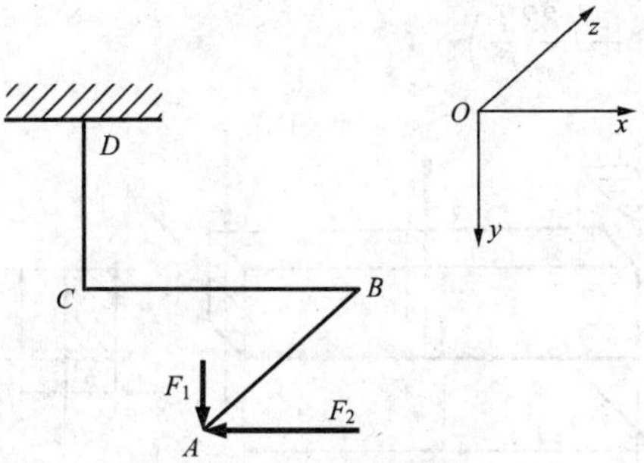

1. 图 9-3 所示圆截面折杆在 A 点受竖直向下的集中力 F_1 和水平集中力 F_2 作用，各段杆产生的变形为：AB 段__________，BC 段__________，CD 段__________。

图 9-3　填空题 1 图

2. 矩形截面杆件承受荷载如图 9-4 所示。固定端截面上 A、B 两点的应力为：

$\sigma_A=$__________，$\sigma_B=$__________。

3. 图 9-5 所示木榫接头，由受力分析，其剪切

面积为__________，挤压面积为__________。

4. 图 9-6 所示螺钉受拉力 F 作用。已知材料的许用切应力 $[\tau]$ 和拉伸许用应力 $[\sigma]$ 之间的关系为 $[\tau]=0.6[\sigma]$，则螺钉直径 d 与钉头高度 h 的合理比值为__________。

5. 如图 9-7 所示，连接件由两个铆钉铆接，铆钉剪切面上的切应力 $\tau=$__________。

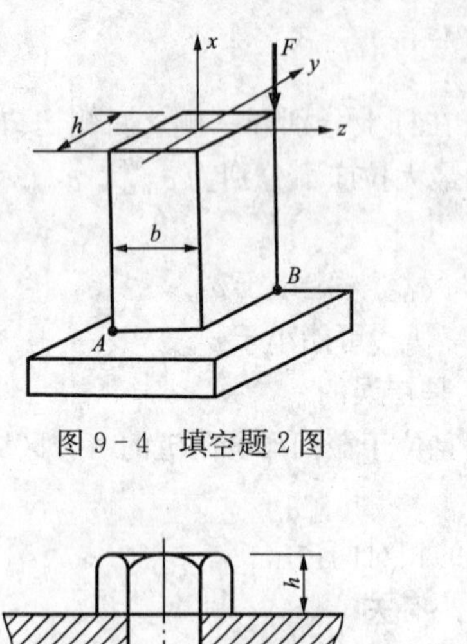

图 9-4 填空题 2 图

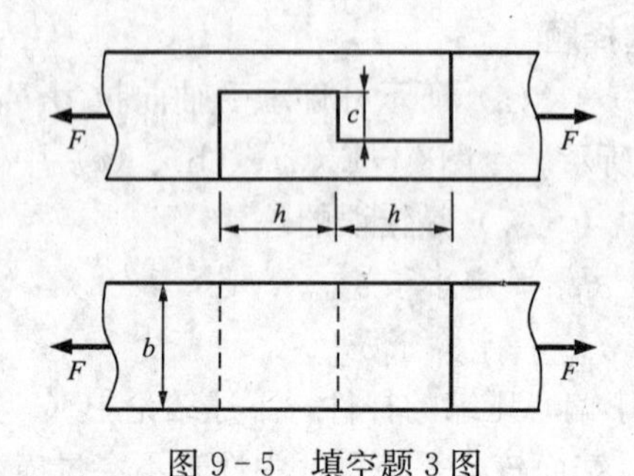

图 9-5 填空题 3 图

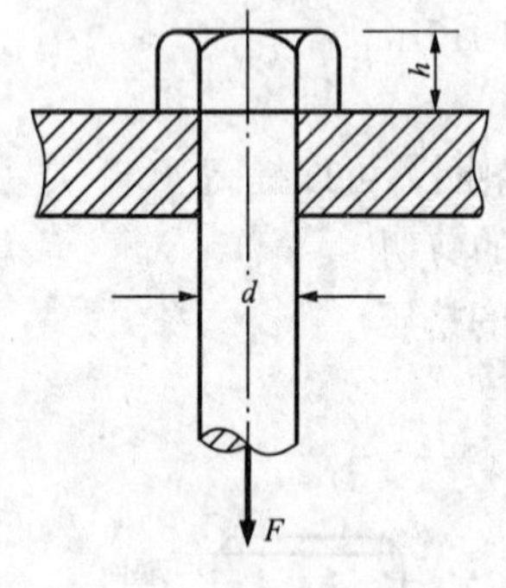

图 9-6 填空题 4 图

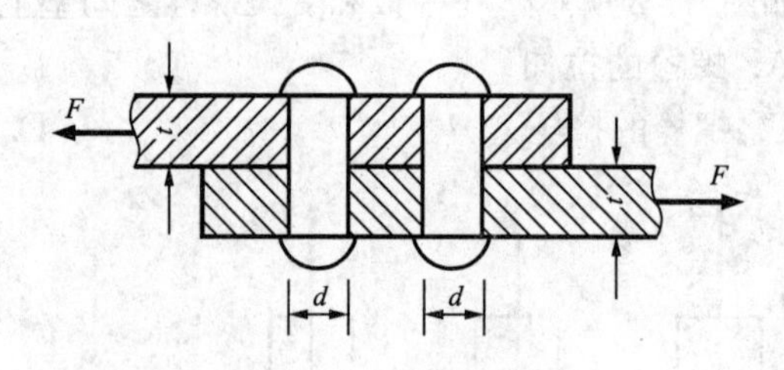

图 9-7 填空题 5 图

三、判断题

1. 斜弯曲时，危险截面上的危险点是距形心主轴最远的点。（ ）

2. 工字形截面梁发生偏心拉伸变形时，其最大拉应力一定在截面的某个角点处。（ ）

3. 对于偏心拉伸或偏心压缩杆件，都可以采用限制偏心矩的方法，以达到使全部截面上都不出现拉应力的目的。（ ）

4. 直径为 d 的圆轴，其危险截面上同时承受弯矩 M、扭矩 T 及轴力 F_N 的作用。若按第三强度理论计算，则危险点处的 $\sigma_{r3}=\sqrt{\left(\frac{32M}{\pi d^3}+\frac{4F_N}{\pi d^2}\right)^2+\left(\frac{32T}{\pi d^3}\right)}$。（ ）

5. 图 9-8 所示矩形截面梁，其最大拉应力发生在固定端截面的 a 点处。（ ）

6. 在工程中，通常取截面上的平均切应力作为联接件的名义切应力。（ ）

7. 剪切工程计算中，剪切强度极限是真实应力。（ ）

8. 轴向压缩应力 σ 与挤压应力 σ_{bs} 都是截面上

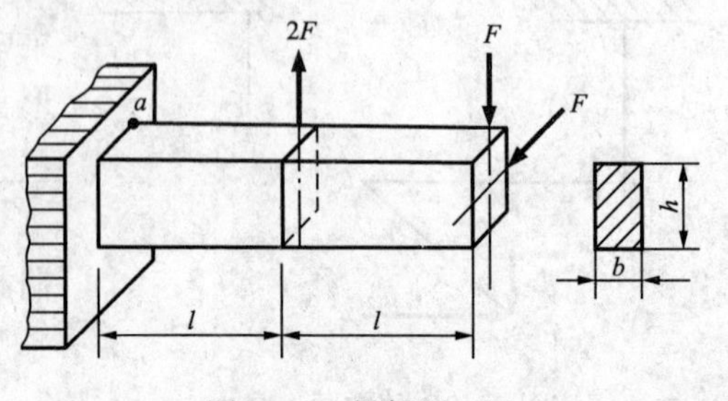

图 9-8 判断题 5 图

的真实应力。(　　)

四、引导题

1. 钢质圆轴如图 9-9 (a) 所示。皮带轮 A、B 的直径均为 1m，其上松边和紧边拉力如图 9-9 (b) 所示，轮 A 和轮 B 自重均为 5kN。已知圆轴材料的 $[\sigma]=80\text{MPa}$，试按第三强度理论选择轴的直径 d。

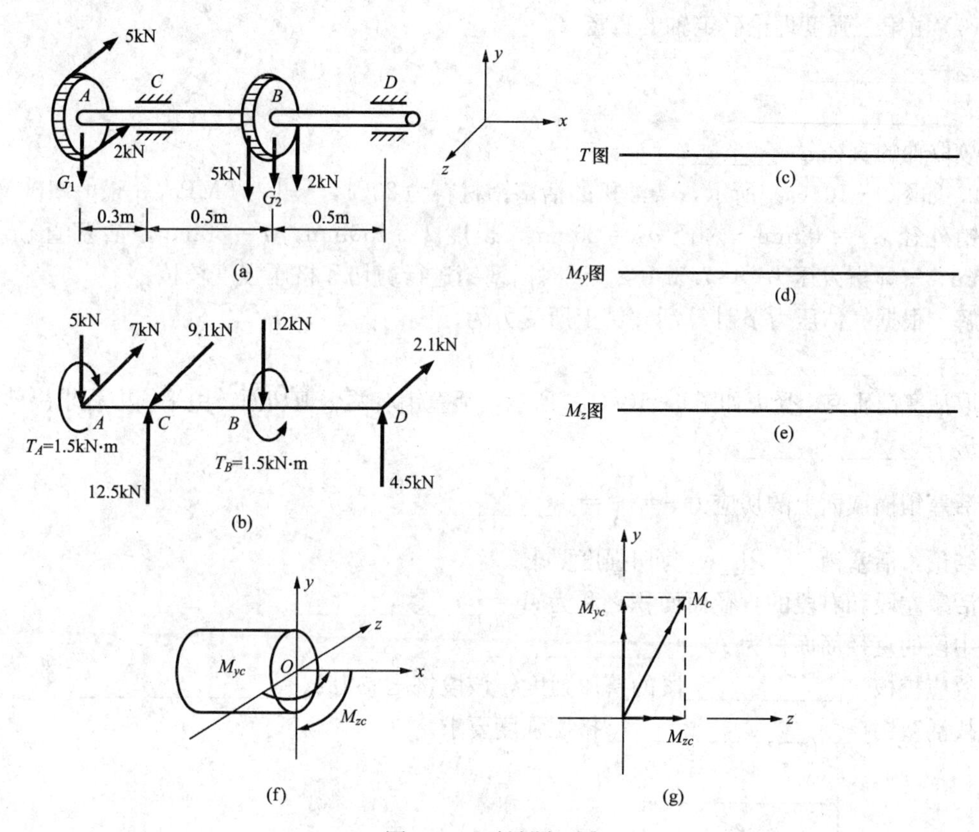

图 9-9　引导题 1 图

解　(1) 荷载向截面形心处简化。

1) 两轮自重荷载 5kN 过截面形心，无需简化；

2) A 轮水平拉力向形心简化为：

$5+2=7\text{kN}$ 的水平作用力和 $T_A=1/2\times(5-2)=1.5\text{kN}\cdot\text{m}$ 的外力偶矩；

3) B 轮竖向拉力向形心简化为：

$5+2=7\text{kN}$ 的竖向作用力和 $T_B=1.5\text{kN}\cdot\text{m}$ 的外力偶矩。

(2) 根据荷载简化图求出其相应支座反力并作相应的内力图。

C、D 支座处水平反力和竖向反力如图 9-9 (b) 所示；

轴 AB 段受扭，作扭矩 T 图，见图 9-9 (c)；

在铅垂平面 (xy 面) 内，轴 AD 受竖向力作用引起弯曲，作弯矩 M_z 图，见图 9-9 (d)；

在水平面 (xz 面) 内，轴 AD 受水平力作用引起弯曲，作弯矩 M_y 图，见图 9-9 (e)。

(3) 判断危险截面及其相应的弯矩和扭矩。

由图 9-9 (c)、(d)、(e) 可以看出，B、C 截面均有可能是危险截面，其扭矩均为

$T=$______

其总弯矩为

$M_B=$______

$M_C=$______

故______截面为危险截面，其合成弯矩如图 9-9（f）、（g）所示。

（4）由第三强度理论确定轴的直径 d。

$\sigma_{r3}=$______

$d\geqslant$______

故取轴的直径 $d=$______。

2. 如图 9-10（a）所示，柴油机的活塞销材料为 20Cr，$[\tau]=70\text{MPa}$，$[\sigma_{bs}]=100\text{MPa}$。活塞销外径 $d_1=48\text{mm}$，内径 $d_2=26\text{mm}$，长度 $l=130\text{mm}$，$a=50\text{mm}$，活塞直径 $D=135\text{mm}$。气体爆发压力 $p=7.5\text{MPa}$。试对活塞销进行剪切和挤压强度校核。

解 根据气体压力 p 计算活塞销上所受力为

$F=$______

取活塞销研究，受力如图 9-10（b）所示，活塞销有两个剪切面，由平衡方程求出剪力为

$F_Q=$______

活塞销横截面上的切应力 $\tau=\dfrac{F_Q}{A}=$______

结论：活塞销______剪切强度要求。

活塞左段和右段的直径面面积之和为 $A_1=$______

中段的直径面面积为 $A_2=$______

故应校核______段的挤压强度，该段挤压应力 $\sigma_{bs}=$______

故活塞销______挤压强度要求。

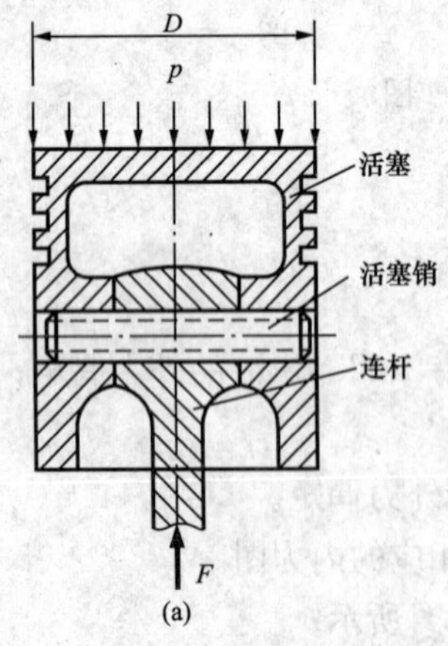

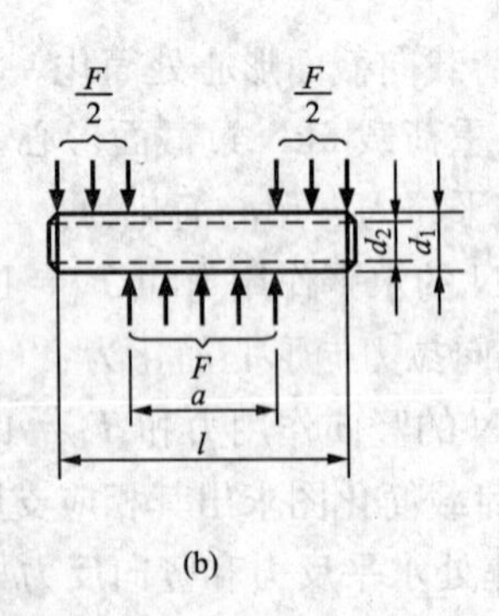

图 9-10 引导题 2 图

五、计算题

1. 图 9-11 所示悬臂梁由 25b 工字钢制成，受图示荷载作用。已知 $q=3\text{kN/m}$，$F=4\text{kN}$，$l=3\text{m}$，$[\sigma]=170\text{MPa}$，试校核其强度。

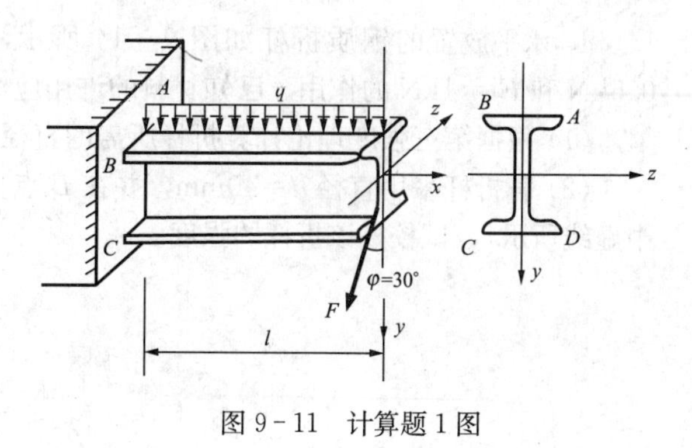

图 9-11　计算题 1 图

2. 手摇绞车如图 9-12 所示，轴直径 d＝30mm，材料的许用应力 $[\sigma]$＝80MPa。试按第三强度理论求绞车的最大起吊重量 F。

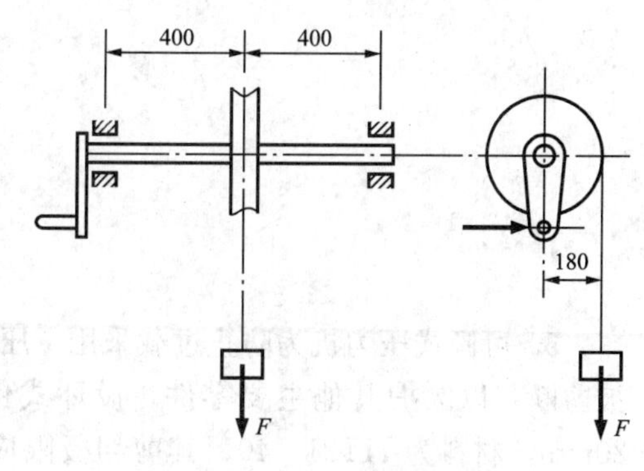

图 9-12　计算题 2 图

3. 试确定如图 9-13 所示截面的截面核心边界。

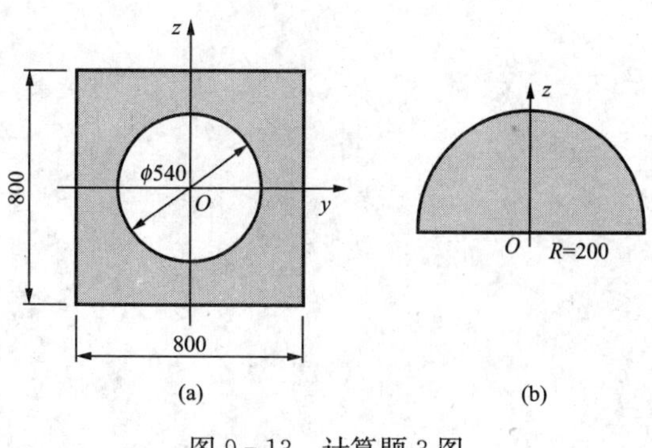

图 9-13　计算题 3 图

4. 水平放置的钢质折杆如图 9－14 所示，在 B、D 处各受竖直向下的集中力 $F_1=0.5\text{kN}$ 和 $F_2=1\text{kN}$ 的作用。已知材料的许用应力 $[\sigma]=160\text{MPa}$。试求：

(1) 根据第三强度理论计算折杆所需的直径 d；

(2) 若折杆采用直径 $d=40\text{mm}$，并在 B 点再施加一个水平集中力 $F_3=20\text{kN}$（图 9－14 中虚线所示），试校核该折杆的强度。

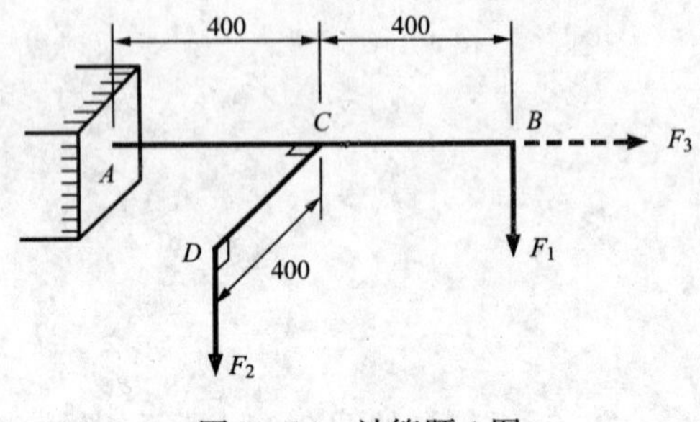

图 9－14　计算题 4 图

5. 可倾式压力机为防止过载采用了压环式保险器（见图 9－15）。当过载时，保险器先被剪断，以保护其他主要零件。设环式保险器以剪切的形式破坏，且剪切面的高度 $\delta=20\text{mm}$，材料为 HT21－40，其剪切极限应力为 $\tau_u=200\text{MPa}$，压力机的最大许可压力 $F=630\text{kN}$。试确定保险器剪切部分的直径 D。

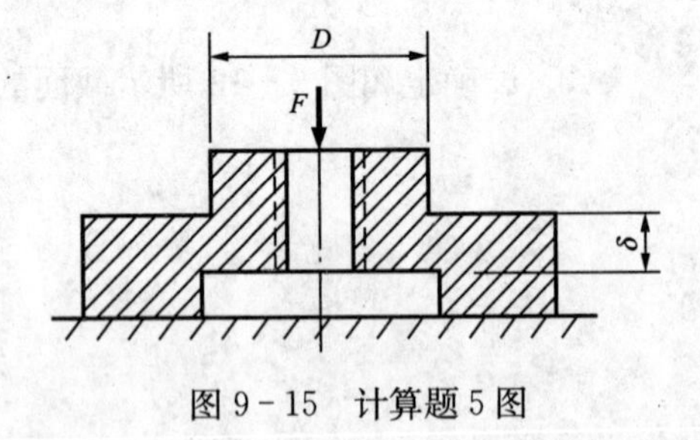

图 9－15　计算题 5 图

6. 一托架如图 9 - 16 所示。已知外力 $F=35\text{kN}$，铆钉的直径 $d=20\text{mm}$，铆钉与钢板为搭接。试求最危险的铆钉剪切面上切应力的数值及方向。

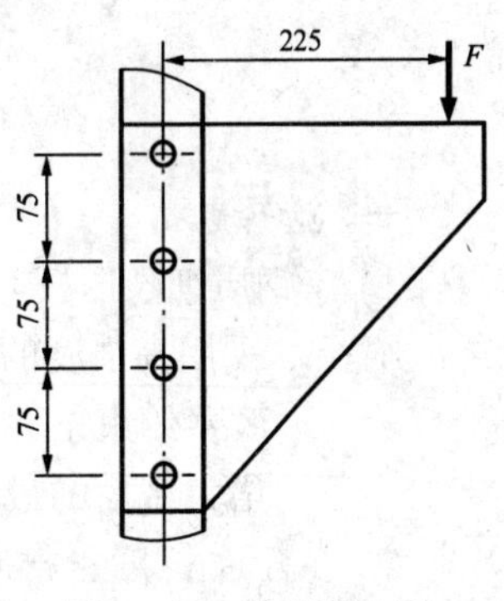

图 9 - 16 计算题 6 图

六、思考题

总结本章内容知识点，总结本章题型。

第十章　压杆稳定习题

一、选择题

1. 一钢质细长压杆，为提高其稳定性，可供选择的有效措施有（　　）。

A. 采用高强度的优质钢　　B. 增加支座、减少支撑间的距离

C. 改善约束条件、减小长度系数　　D. 增大杆件的横截面面积

E. 增大截面的最小主惯性矩　　F. 使截面两主惯性轴方向的柔度相同

2. 在杆件长度、材料、约束条件和横截面面积等条件均相同的情况下，压杆采用（　　）的截面形状，其稳定性最好；而采用（　　）的截面形状，其稳定性最差。

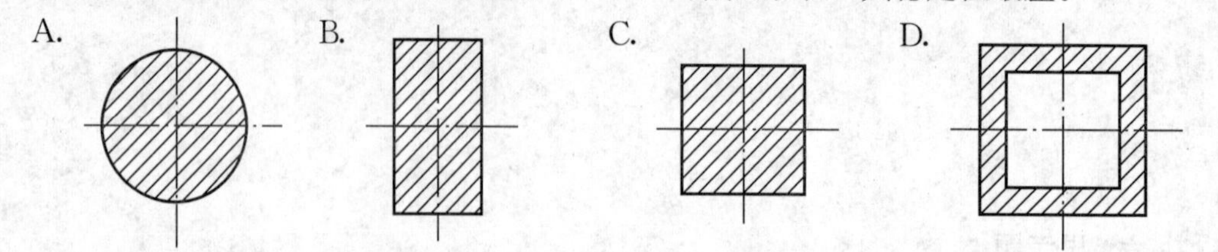

3. 一方形横截面的压杆，若在其上钻一横向小孔（图 10-1），则该杆与原来相比（　　）。

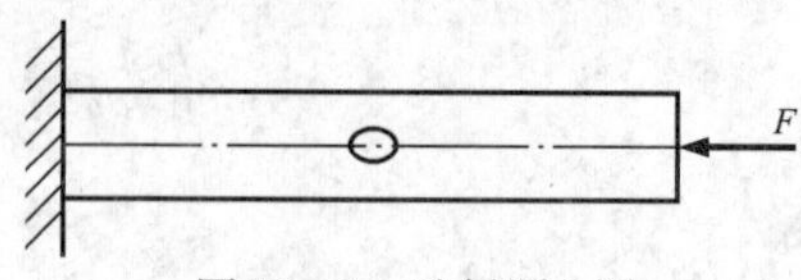

图 10-1　选择题 3 图

A. 稳定性降低，强度不变

B. 稳定性不变，强度降低

C. 稳定性和强度都降低

D. 稳定性和强度都不变

4. 若在强度计算和稳定性计算中取相同的安全系数，则在下列说法中，（　　）是正确的。

A. 满足强度条件的压杆一定满足稳定性条件

B. 满足稳定性条件的压杆一定满足强度条件

C. 满足稳定性条件的压杆不一定满足强度条件

D. 不满足稳定性条件的压杆一定不满足强度条件

二、填空题

1. 一端固定、一端自由的细长压杆，用一定宽度的薄钢板围成一某种形状的封闭空心截面来制造。若不考虑薄壁的局部稳定性，为使所得截面形状为最佳，则要求截面的惯性矩满足____，且______________，这一最佳截面形状为________________。

2. 三根材料、长度、杆端约束条件均相同的细长压杆，各自的横截面形状如图 10-2 所示，其临界应力之比为________________，临界压力之比为________________。

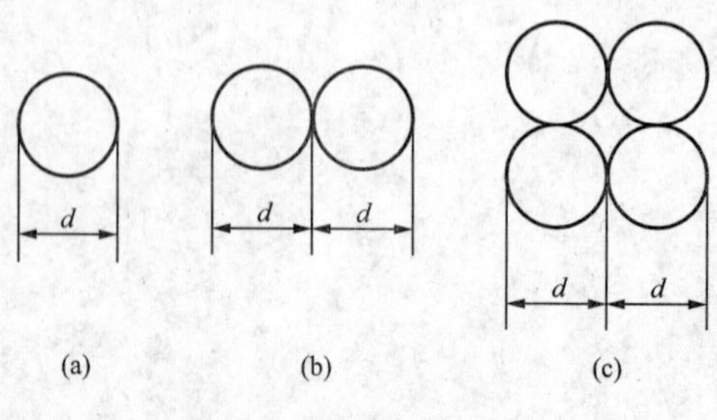

图 10-2　填空题 2 图

3. 由 5 根直径、材料相同的细长杆组成的正方形桁架及其受力情况如图 10-3（a）所示。若仅将拉力 F 改为压力［图 10-3（b）］，则结构的临界压力是原来的__________倍。

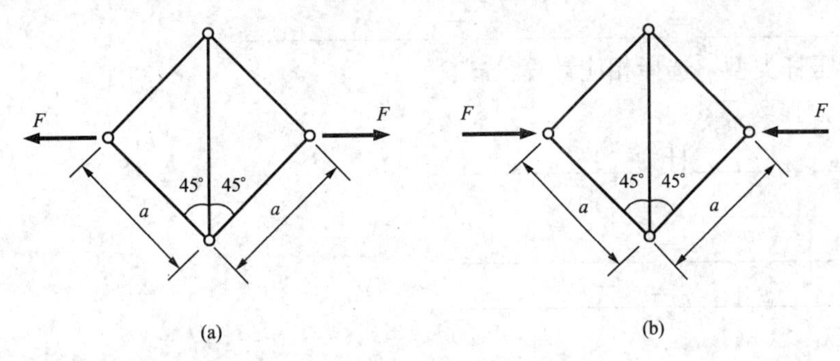

图 10-3 填空题 3 图

4. 在稳定性计算中，计算中长杆的临界应力时，如果误用了细长杆的欧拉公式，其结果是偏于__________的，因为计算值比实际的临界应力值偏__________；计算细长杆的临界应力时，如果误用了中长杆的直线公式，其结果是偏于______________的，因为计算值比实际的临界应力值偏______________。

三、判断题

1. 由于失稳或强度不足而使构件不能正常工作，两者之间的本质区别在于：前者构件的平衡是不稳定的，而后者构件的平衡是稳定的。（　）

2. 压杆失稳的主要原因是临界压力或临界应力，而不是外界干扰力。（　）

3. 压杆的临界压力（或临界应力）与作用荷载的大小有关。（　）

4. 如果两根压杆的材料、长度、截面面积和约束条件都相同，两压杆的临界压力也一定相同。（　）

5. 满足强度条件的压杆不一定满足稳定性条件，满足稳定性条件的压杆也不一定满足强度条件。（　）

6. 由于低碳钢经过冷作硬化能提高材料的屈服极限，因而由低碳钢制成的细长压杆，可通过冷作硬化来提高压杆的临界应力。（　）

四、引导题

三根直径均为 $d=160\text{mm}$ 的圆截面压杆，其长度及支撑情况如图 10-4 所示。材料均为 Q235 钢，$E=206\text{GPa}$，$\sigma_p=200\text{MPa}$，$\sigma_s=235\text{MPa}$。试求各杆的临界应力和临界压力。

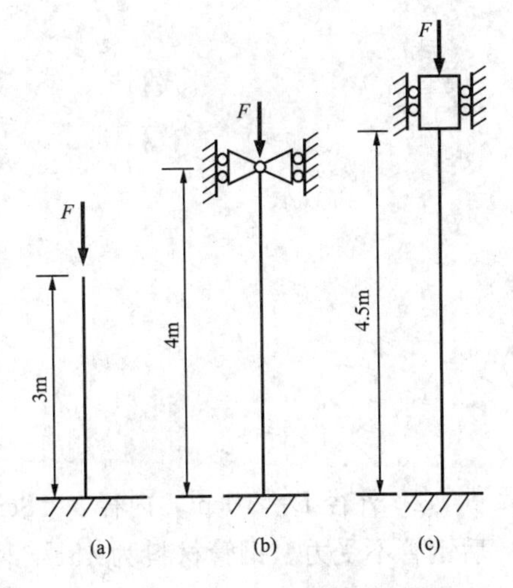

图 10-4 引导题图

解 (1) 计算各杆柔度。

圆截面的惯性半径 $i=$____________$=$____________

图 10-4（a）所示杆的长度系数 $\mu=$____________

柔度 $\lambda_1=$______________$=$______________

图 10-4（b）所示杆的长度系数 $\mu=$____________

柔度 $\lambda_2=$______________$=$______________

图 10-4（c）所示杆的长度系数 $\mu=$____________

柔度 $\lambda_3=$______________$=$______________。

（2）确定柔度界限值。

$\lambda_p=$______________$=$______________，查表得 Q235 钢的 $a=304$MPa，$b=1.12$MPa

$\lambda_s=$______________$=$______________$=$______________。

（3）判断压杆类型，选择相应计算公式。

因为 $\lambda_1>\lambda_p$，

所以______________杆为______________

采用______________

$\sigma_{cr1}=$______________$=$______________

$F_{cr1}=$______________$=$______________

因为 $\lambda_s<\lambda_2<\lambda_p$，

所以______________杆为______________

采用______________

$\sigma_{cr2}=$______________$=$______________

$F_{cr2}=$______________$=$______________

因为 $\lambda_3<\lambda_s$，

所以______________杆为______________

$\sigma_{cr3}=$______________$=$______________

$F_{cr3}=$______________$=$______________。

五、计算题

1. 图 10－5 所示横截面为矩形（$b\times h$）压杆，两端用柱形铰连接（在 xy 平面内弯曲时，可视为两端铰支，在 xz 平面内弯曲时，可视为两端固定）。压杆的材料为 Q235 钢，$E=200$GPa，$\sigma_p=200$MPa。试求：（1）当 $b=40$mm，$h=60$mm 时，压杆的临界压力；

（2）欲使压杆在两个平面（xy 和 xz 平面）内失稳的可能性相同，求 b 与 h 的比值。

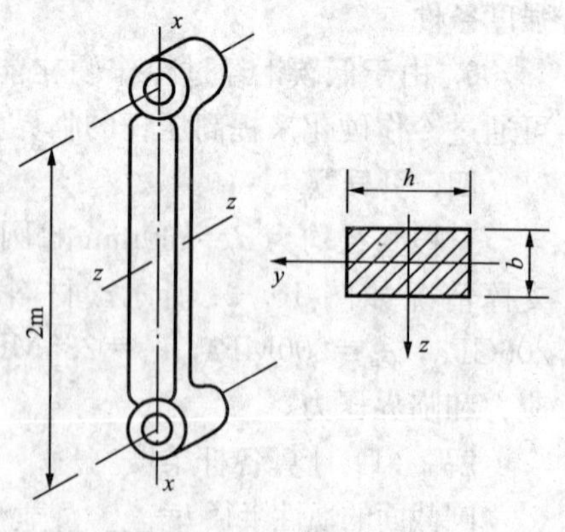

图 10－5　计算题 1 图

2. 外径 $D=10$cm，内径 $d=8$cm 的钢管，在室温下进行安装，如图 10－6 所示。装配后钢管不受力。钢管材料为 45 号钢，$E=210$GPa，$\alpha=12.5\times10^{-6}$1/℃，$\sigma_p=200$MPa。求温度升高多少时，钢管将丧失稳定？

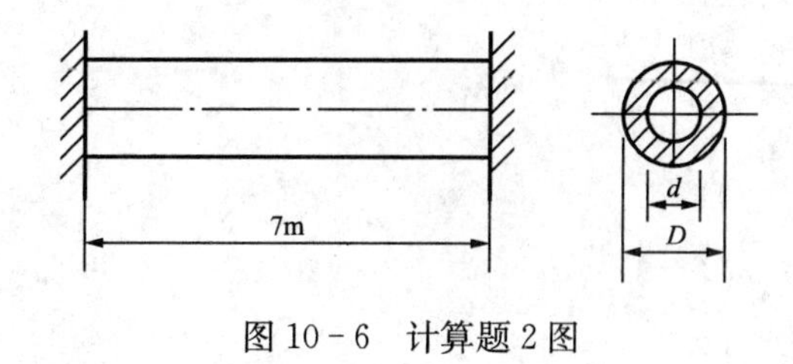

图 10-6 计算题 2 图

3. 图 10-7（a）所示一端固定、一端铰支的圆截面杆 AB，直径 $d=100\text{mm}$。已知杆材料为 Q235 钢，$E=200\text{GPa}$，$\sigma_p=200\text{MPa}$，稳定安全系数 $n_{st}=2.5$。试求：

(1) 许用荷载；

(2) 为提高承载能力，在 AB 杆的 C 处增加中间球铰链支撑，将 AB 杆分成 AC、CB 两段，如图 9-7（b）所示，若增加中间球铰链支撑后，结构承载能力是原来的多少倍？

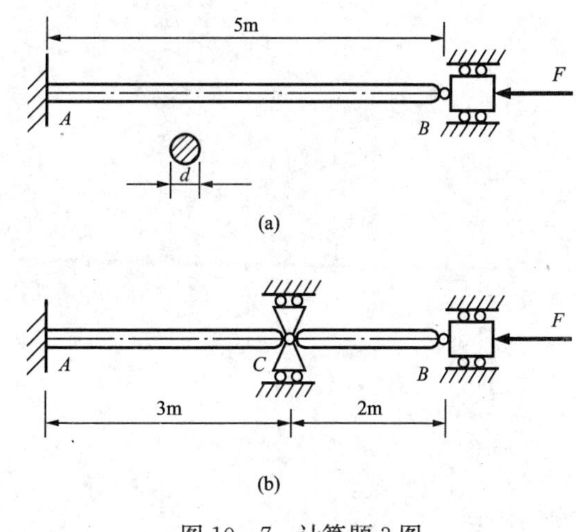

图 10-7 计算题 3 图

4. 三角形木屋架的尺寸及所受荷载如图 10-8 所示，$F=9.7\text{kN}$。斜腹杆 CD 按构造要求最小截面尺寸为 100mm×100mm，材料为松木，其顺纹抗压许用应力 $[\sigma^-]=10\text{MPa}$。若按两端铰支考虑，试校核该压杆的稳定性。稳定系数 φ 与柔度 λ 的关系为：当 $\lambda\leqslant 91$ 时，$\varphi=\dfrac{1}{1+\left(\dfrac{\lambda}{65}\right)^2}$；$\lambda>91$ 时，$\varphi=\dfrac{2800}{\lambda^2}$。

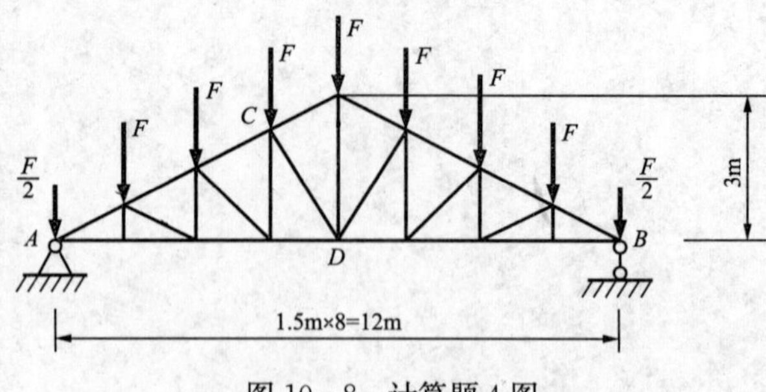

图 10-8　计算题 4 图

5. 图 10-9 所示柱的材料为 3 号钢，它符合 b 类截面中心受压杆要求。F=300kN，柱长 l=1.5m，许用应力 $[\sigma]$=160MPa。此柱在与柱脚接头的最弱截面处工字钢的翼缘上有 4 个直径 d=20mm 的螺钉孔。试为此柱选择工字钢型号。

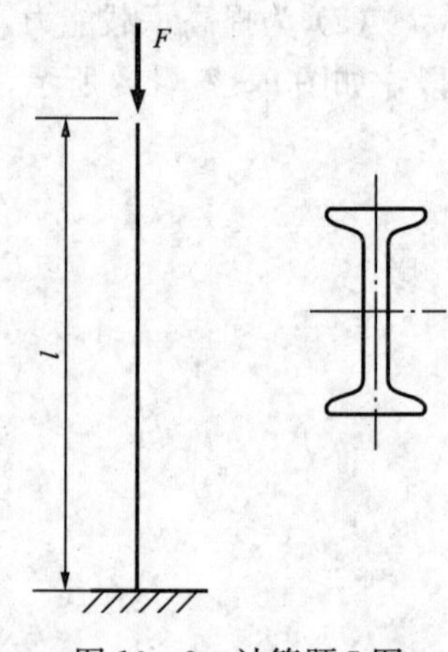

图 10-9　计算题 5 图

六、思考题

总结本章内容知识点，总结本章题型。

附　　录

附录Ⅰ　截面的几何性质习题

一、选择题

1. 对于附图 1 所示截面，(　　) 是正确的。

   A. $S_x=0$，$S_y\neq0$　　　　B. $S_x\neq0$，$I_{xy}=0$

   C. $S_x=0$，$S_y=0$　　　　D. $I_{xx}=0$，$S_y\neq0$

2. 附图 2 所示平面图形，$x-y$ 为对称轴。下列结论中不正确的是（　　）。

   A. $I_{x1}>I_x$，$I_{y1}>I_y$　　　　B. $I_{x1y}>I_{xy}$，$I_{xy1}>I_{xy}$

   C. $I_{x1y}=I_{xy}=I_{xy1}=0$　　　　D. $I_{xy}=I_{x1y1}=0$

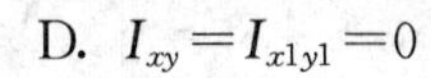

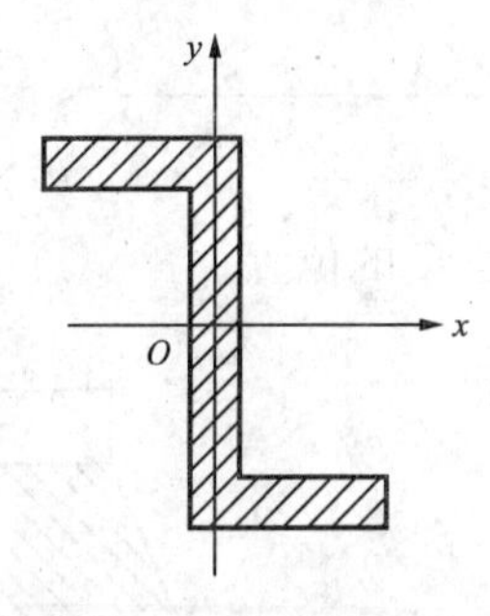

附图 1　选择题 1 图

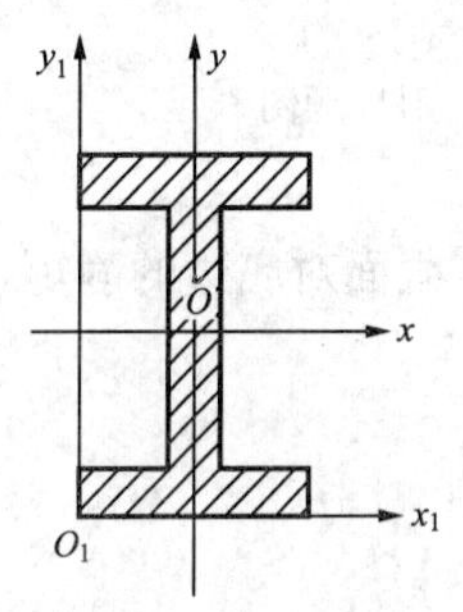

附图 2　选择题 2 图

3. 下列结论中正确的是（　　）。

   A. 平面图形的对称轴必通过形心

   B. 平面图形若有两根对称轴，则该两轴的交点就是该平面图形的形心

   C. 平面图形对于对称轴的静矩必为零

   D. 平面图形对于某轴的静矩若等于零，则该轴必定为该平面图形的对称轴

二、填空题

如附图 3 所示，已知 $I_x=\dfrac{bh^3}{12}$，求 $I'_x=$____________________。

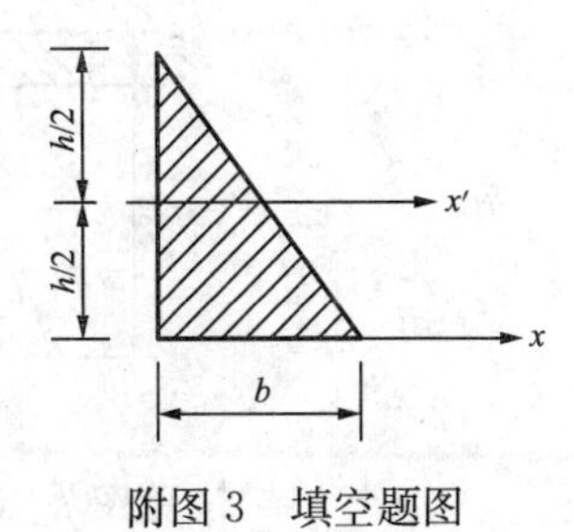

附图 3　填空题图

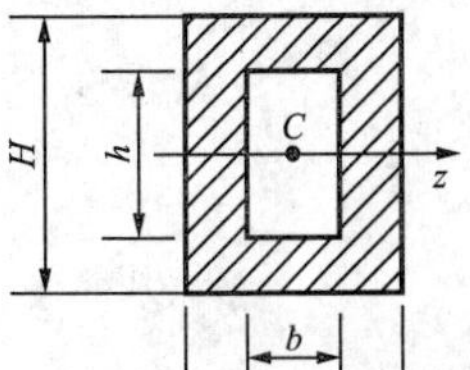

附图 4　判断题 1 图

三、判断题

1. 附图 4 所示梁的横截面，其抗弯截面系数 W_z 和惯性矩 I_z 分别为以下两式：

(1) $W_z=\frac{BH^2}{6}-\frac{bh^2}{6}$（　　）

(2) $I_z=\frac{BH^3}{12}-\frac{bh^3}{12}$（　　）

2. 截面的对称轴是截面的形心主惯性轴。（　　）

3. 截面的主惯性矩是截面对通过该点所有轴的惯性矩中的最大值和最小值。（　　）

四、引导题

试求半径为 r 的半圆对 x 轴的静矩并确定其形心坐标 x_c、y_c，如附图 5 所示。

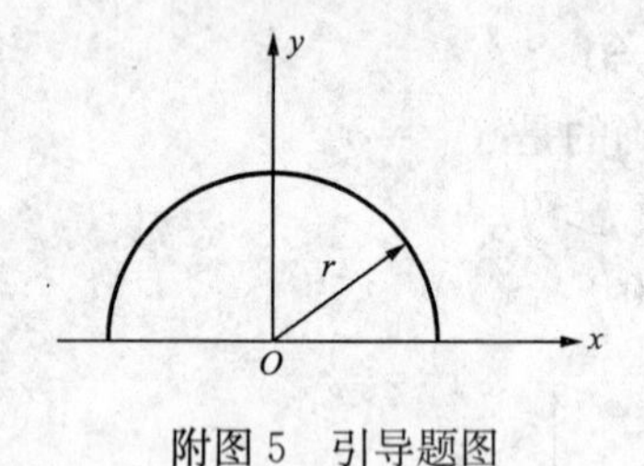

附图 5　引导题图

解　在距 x 轴为 y 处取与 x 轴平行的狭条，即

取微面积　$\mathrm{d}A=2\sqrt{r^2-y^2}\mathrm{d}y$

按定义得

$$S_x=\int_A y\mathrm{d}A=\int_0^r y2\sqrt{r^2-y^2}\mathrm{d}y=\underline{\qquad\qquad}$$

形心位置 $x_C=0$，$y_C=\frac{S_x}{A}=\underline{\qquad\qquad}$。

五、计算题

1. 试求截面对底边的静矩，并确定附图 6 所示截面形心 C 的位置。

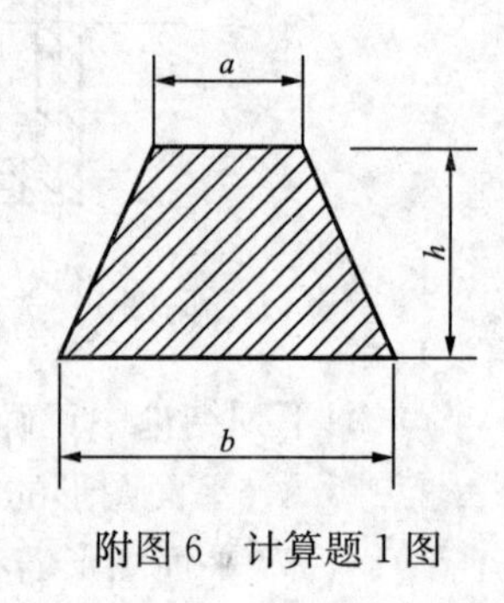

附图 6　计算题 1 图

2. 试计算附图 7 所示 T 形截面的形心主惯性矩。

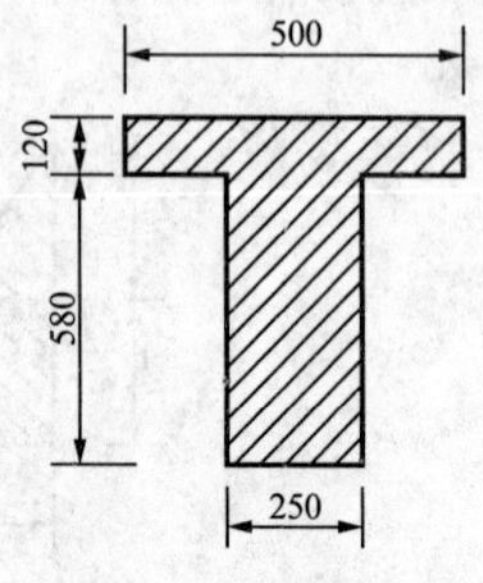

附图 7　计算题 2 图

3. 附图 8 所示由两个 20a 槽钢组成的组合截面，如欲使此截面对于两个对称轴的惯性矩 $I_y = I_x$，则两槽钢的间距 a 应为多少？

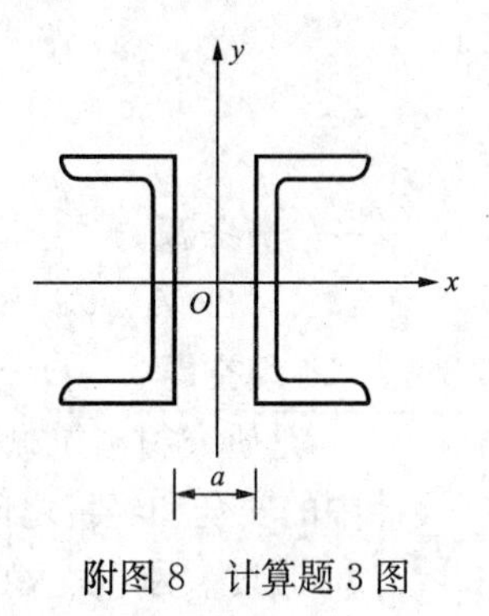

附图 8　计算题 3 图

附录Ⅱ 习 题 答 案

第 一 章

一、选择题

1. C 2. A、C；B、D 3. A、D

二、填空题

1. 是研究材料机械性能和构件的强度、刚度和稳定性问题的学科，其任务是解决工程设计中的安全和经济之间的矛盾问题

2. 强度、刚度、稳定性、耐久性

三、判断题

1. × 2. ×

第 二 章

一、作图题

（一）拉伸压缩变形部分

1. (a) **解** 在每段内取一截面见附图 2-1 (a)。

求 1—1 截面轴力 N_1。将 1—1 截面截开，取左杆段为分离体，假设 N_1 为正（拉力），画受力图见附图 2-1 (b)，列平衡方程

$$\sum x=0,\ N_1-15=0,\ N_1=15\text{kN}$$

同理，可求得 2—2 截面轴力［受力图如附图 2-1 (c) 所示］，列平衡方程

$$\sum x=0,\ N_2+30-15=0,\ N_2=-15\text{kN}$$

结果为负，说明 N_2 为压力。

求 N_3 和 N_4。将杆截开后，因右段上包含的外力少，故取右杆段为分离体，受力图如附图 2-1 (d) 所示，列平衡方程

$$\sum x=0,\ -N_3+25-20=0,\ N_3=5\text{kN}$$

同理可求得 $N_4=-20\text{kN}$，见附图 2-1 (e)。

用平行于杆轴的横坐标表示杆件横截面位置，纵坐标表示该截面轴力。轴力为拉力时，画在 x 轴上侧标正号；轴力为压力时，画在 x 轴下侧标负号。所画轴力图的位置应与杆件原图上下对齐。作出轴力图如附图 2-1 (f) 所示。

注意：(1) 画受力图时，轴力按正方向画，即画成拉力。这样所得结果的正、负与其含义相符（拉为正、压为负），便于利用所得结果直接画出轴力图，同时还可避免犯如下错误：

作 3—3 截面以右分离体的受力图时设 N_3 与 x 轴同向为正，画受力图 (g)，列平衡方程

$$\sum x=0,\ N_3+25-20=0,\ N_3=-5\text{kN}$$

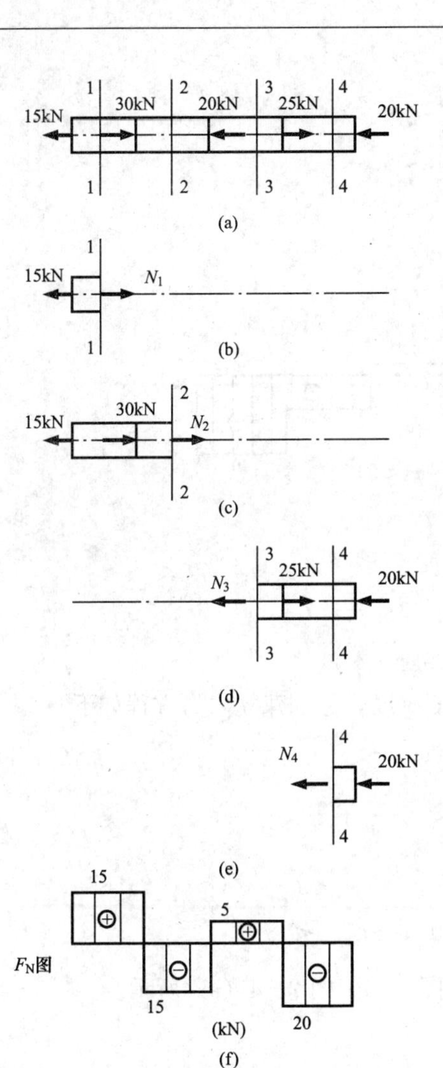

附图 2-1

然后错误的认为 N_3 为压力，将相应的轴力画在 x 轴下方。

（2）由分离体的平衡方程可以得到：杆件任一横截面上的轴力等于该截面任一侧杆上所有轴向外力的代数和。如轴向外力背离截面取正，如外力指向截面取负。当熟练掌握了截面法以后，也可由这一法则直接写出截面轴力，而不必一一画出分离体。

（3）在轴向外力作用处，轴力图发生突变，恰好在集中外力作用的截面上，其轴力是不确定的。

（b）

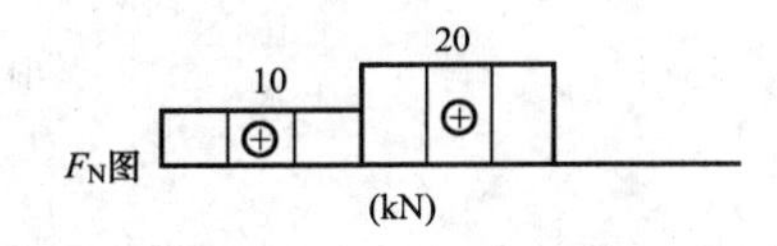

2. F_N 图见附图 2-2。

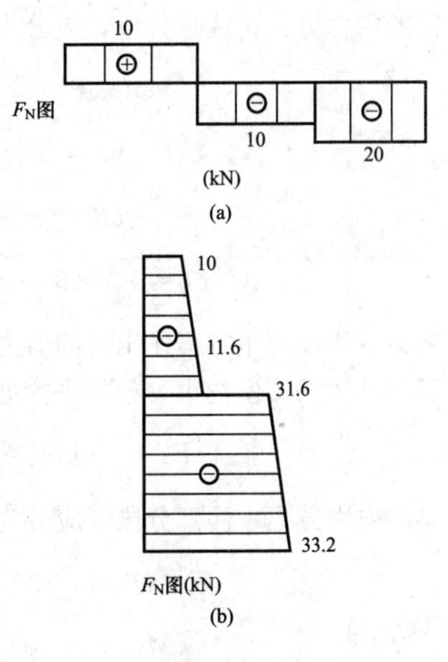

附图 2-2

（二）扭转变形部分

3.（a）**解**　求出各杆段截面上的扭矩，再画扭矩图。

求 1—1 截面扭矩 T_1。T_1 等于 1—1 截面以左的轴上所有外力矩之和，按右手法则，假定截面上的扭矩为正，列平衡方程

$\sum m=0$，$T_1=-m$，说明实际扭矩是负扭矩。

同理，求 1—1 截面扭矩 T_2，T_2 等于 2—2 截面以左的轴上所有外力矩之和，假定截面上的扭矩是正的，列平衡方程

$\sum m=0$，$T_2=-m+3m=2m$，说明实际扭矩是正扭矩。

作扭矩图如附图 2-3（a）所示。

（b）**解**　过程同上：扭矩图见附图 2－3（b）。

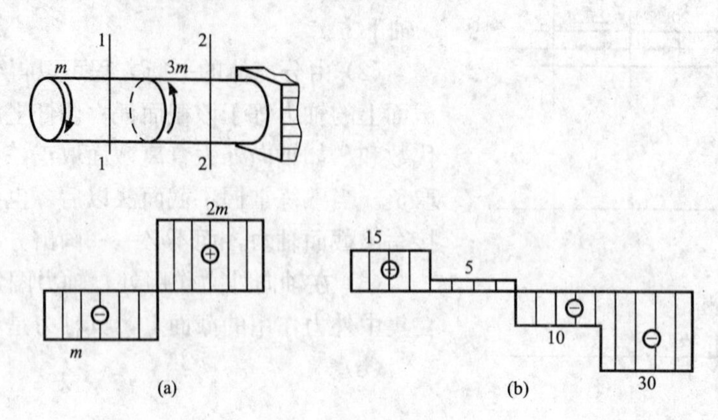

附图 2－3

（a）、（b）T图（kN·m）

4.（a）**解**　此梁的支座约束力根据平衡方程可知

$$F_A = 15\text{kN}(\uparrow) \quad F_B = 9\text{kN}(\uparrow)$$

建立梁的内力方程，注意分段，应分为 AC 段和 CB 段，分别建立内力方程如下

$$Q(x) = 15 - 6x,\ 0 < x < 4$$

$$M(x) = 15x - 3x^2,\ 0 \leqslant x < 4$$

$$Q(x) = -9,\ 4 \leqslant x < 8$$

$$M(x) = 9 \times (8 - x) = 72 - 9x,\ 4 \leqslant x < 8$$

根据剪力方程和弯矩方程作出梁的剪力图和弯矩图，如附图 2－4（a）所示。

（b）**解**　此梁的支座约束力根据平衡方程可知

$$F_A = 20\text{kN}(\uparrow) \quad F_B = 12\text{kN}(\uparrow)$$

建立梁的内力方程，注意分段，应分为 AC 段和 CB 段，分别建立内力方程如下

$$Q(x) = 20 - 4x,\ 0 < x < 8$$

$$M(x) = 20x - 2x^2,\ 0 \leqslant x < 4$$

$$M(x) = -2x^2 + 20x - 32,\ 4 < x \leqslant 8$$

根据剪力方程和弯矩方程作出梁的剪力图和弯矩图，如附图 2－4（b）所示。

（c）**解**　此梁的支座约束力根据平衡方程可知

$$F_A = 10\text{kN}(\uparrow) \quad F_B = 14\text{kN}(\uparrow)$$

建立梁的内力方程，注意分段，应分为 AC 段和 CB 段，分别建立内力方程如下

$$Q(x) = 10,\ 0 < x < 4$$

$$M(x) = 10x - 16,\ 0 < x \leqslant 4$$

$$Q(x) = 18 - 4x,\ 4 < x < 8$$

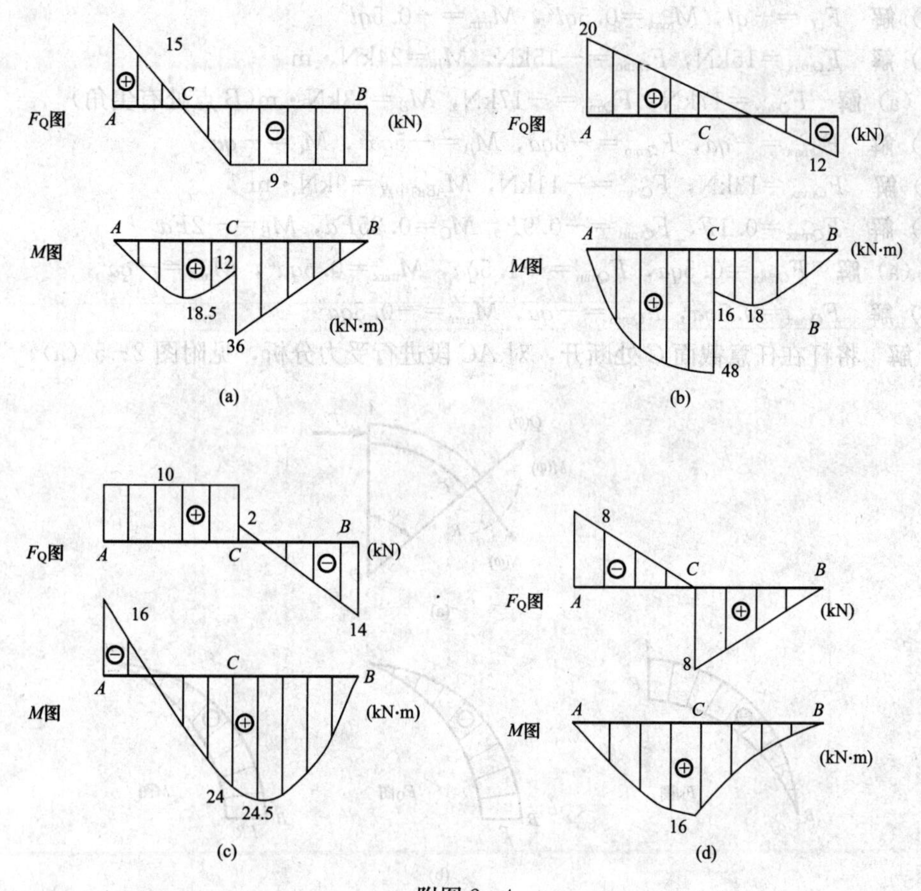

附图 2-4

$$M(x) = -2x^2 + 18x - 16,\ 4 \leqslant x \leqslant 8$$

根据剪力方程和弯矩方程做出梁的剪力图和弯矩图，如附图 2-4（c）所示。

（d）**解**　此梁的支座约束力根据平衡方程可知

$$F_A = 8\text{kN}(\uparrow)\quad F_B = 0$$

建立梁的内力方程，注意分段，应分为 AC 段和 CB 段，分别建立内力方程如下

$$Q(x) = 8 - 2x,\ 0 < x < 4$$

$$Q(x) = 2x - 16,\ 4 < x < 8$$

$$M(x) = 8x - x^2,\ 0 \leqslant x \leqslant 4$$

$$M(x) = (x-8)^2,\ 4 \leqslant x \leqslant 8$$

根据剪力方程和弯矩方程作出梁的剪力图和弯矩图，如附图 2-4（d）所示。

5.（a）**解**　$F_{Q\max} = 13\text{kN}$，$F_{Q\min} = -19\text{kN}$，$M_C = 30\text{kN}\cdot\text{m}$，$M_{\min} = -18\text{kN}\cdot\text{m}$

（b）**解**　$F_{Q\max} = 10\text{kN}$，$F_{Q\min} = -14\text{kN}$，$M_B = 20\text{kN}\cdot\text{m}$，$M_C = 24\text{kN}\cdot\text{m}$

（c）**解**　$F_{Q\max} = 3\text{kN}$，$F_{Q\min} = -5\text{kN}$，$M_B = 8\text{kN}\cdot\text{m}$

（d）**解**　$F_{Q\max} = 6\text{kN}$，$F_{Q\min} = -10\text{kN}$，$M_C = -8\text{kN}\cdot\text{m}$，$M_B = 8\text{kN}\cdot\text{m}$

（e）**解**　$F_{Q\max} = 2qa$，$F_{Q\min} = -2.5qa$，$M_{\max} = qa^2$，$M_{\min} = -qa^2$

（f）**解**　$F_{Q\max} = 14\text{kN}$，$F_{Q\min} = -8\text{kN}$，$M_{\max} = 4\text{kN}\cdot\text{m}$，$M_{\min} = -16\text{kN}\cdot\text{m}$

(g) **解** $F_{QC}=-ql$，$M_{\max}=0.5ql^2$，$M_{\min}=-0.5ql^2$

(h) **解** $F_{Q\max}=15\text{kN}$，$F_{Q\min}=-15\text{kN}$，$M_B=24\text{kN}\cdot\text{m}$

6. (a) **解** $F_{Q\max}=17\text{kN}$，$F_{Q\min}=-17\text{kN}$，$M_B=33\text{kN}\cdot\text{m}$（$B$点处有尖角）

(b) **解** $F_{Q\max}=-qa$，$F_{Q\min}=-3qa$，$M_B=-5qa^2$，$M_C=-qa^2$

(c) **解** $F_{Q\max}=13\text{kN}$，$F_{Q\min}=-11\text{kN}$，$M_{AB的中点}=9\text{kN}\cdot\text{m}$

(d) **解** $F_{Q\max}=0.1F$，$F_{Q\min}=-0.9F$，$M_C=0.25Fa$，$M_B=-2Fa$

7. (a) **解** $F_{Q\max}=0.5qa$，$F_{Q\min}=-1.5qa$，$M_{\max}=0.5qa^2$，$M_{\min}=-qa^2$

(b) **解** $F_{Q\max}=0.5qa$，$F_{Q\min}=-qa$，$M_{\min}=-0.5qa^2$

8. **解** 将杆在任意截面C处断开，对AC段进行受力分析，见附图 2-5 (a)。

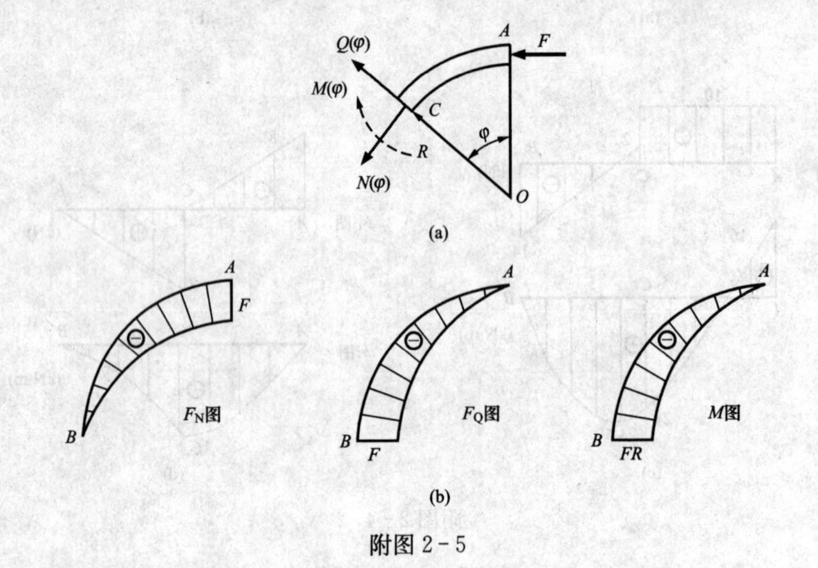

附图 2-5

由平衡方程$\sum M_C=0$　得

$$M(\varphi)=FR(1-\cos\varphi)\quad\left(0\leqslant\varphi<\frac{\pi}{2}\right)$$

$$\sum X=0,\ N(\varphi)=-F\cos\varphi\quad\left(0<\varphi<\frac{\pi}{2}\right)$$

$$\sum Y=0,\ Q(\varphi)=-F\sin\varphi\quad\left(0<\varphi<\frac{\pi}{2}\right)$$

$$|F_N|_{\max}=F,\ |F_Q|_{\max}=F,\ |M|_{\max}=FR$$

根据内力方程作出内力图，如附图 2-5 (b) 所示。

9. $|F_N|_{\max}=F$，$|F_Q|_{\max}=F$，$|M|_{\max}=3Fa$

10. $|F_N|_{\max}=4\text{kN}$，$|F_Q|_{\max}=4\text{kN}$，$|M|_{\max}=2\text{kN}\cdot\text{m}$

二、计算题

(a) **解** (1) 求支座约束力，取整体为研究对象，列平衡方程

$$\sum M_B=0\quad R_A\cdot 6-2\times 3\times\left(\frac{3}{2}+3\right)-20\times 3+6\times 2=0$$

得　$R_A=12.5\text{kN}(\uparrow)$

$$\sum Y=0\quad R_B=2\times 3+20+6$$

得　$R_B = 19.5\text{kN}(\uparrow)$

(2) 用直接法求截面内力。

1—1 截面

$$Q_1 = R_A - 2\times3 = 6.5\text{kN}\quad M_1 = 12.5\times3 - \frac{1}{2}\times2\times3^2 = 28.5\text{kN}\cdot\text{m}$$

2—2 截面

$$Q_2 = R_A - 2\times3 - 20 = -13.5\text{kN}\quad M_2 = M_1$$

3—3 截面

$$Q_3 = 6 - R_B = 6 - 19.5 = -13.5\text{kN}\quad M_3 = M_4 = -6\times2 = -12\text{kN}\cdot\text{m}$$

4—4 截面

$$Q_4 = 6\text{kN}\quad M_3 = M_4 = -6\times2 = -12\text{kN}\cdot\text{m}$$

(b) **解**　(1) 求支座约束力，取整体为研究对象，列平衡方程

$$\sum M_B = 0\quad 4R_D = \frac{1}{2}\times2\times4^2 + 12 - 4\times2$$

得　$R_D = 5\text{kN}(\uparrow)$

$$\sum Y = 0\quad R_B = 4 + 2\times4 - 5 = 7\text{kN}$$

(2) 用直接法求截面内力。

1—1 截面

$$Q_1 = -R_D + 2\times2 = -1\text{kN}\quad M_1 = 5\times2 - \frac{1}{2}\times2\times2^2 - 12 = -6\text{kN}\cdot\text{m}$$

2—2 截面

$$Q_2 = Q_1\quad M_2 = 5\times2 - \frac{1}{2}\times2\times2^2 = 6\text{kN}\cdot\text{m}$$

3—3 截面

$$Q_3 = -4\text{kN}\quad M_3 = -4\times2 = -8\text{kN}\cdot\text{m}$$

4—4 截面

$$Q_4 = -4 + R_B = -4 + 7 = 3\text{kN}\quad M_4 = M_3$$

第　三　章

一、选择题

1. D
2. D
3. B
4. A
5. A；C；B；B
6. D
7. C
8. A、B、C
9. A、C；B、D
10. D

11. B

二、填空题

1. 不变；持续变化；增大；减低
2. 无屈服极限 σ_s；塑性变形；应力；$\sigma_{p0.2}$
3. 未知力数目；装配应力；变形协调方程
4. B；A；C
5. 最大工作应力；材料的许用应力；材料的破坏试验；$n>1$；σ_S；$\sigma_{0.2}$；σ_b^+；σ_b^-
6. 0
7. $E_1=E_2$
8. 形状尺寸的突变

三、判断题

1. ×；√；×；√；×
2. √；√；√；×；×
3. ×；×；√
4. ×；×；×；√

四、引导题

$\sigma_B=119.4\text{MPa}$；故螺杆 B 的强度是安全的

五、计算题

1. **解** (1) 对活塞。

活塞受到的力 $F=p\left(\frac{1}{4}\pi D^2-\frac{1}{4}\pi d_1^2\right)$

活塞杆内的应力 $\sigma_{杆}=\frac{F}{A_{杆}}=\frac{p\left(\frac{1}{4}\pi D^2-\frac{1}{4}\pi d_1^2\right)}{\frac{1}{4}\pi d_1^2}=7.188p$

强度条件 $\sigma_{杆}\leqslant[\sigma]_{杆}$，$7.188p\leqslant 130\text{MPa}$，得 $p\leqslant 18.1\text{MPa}$

(2) 对螺栓。

每个螺栓受到力 $F_{螺}=\frac{F}{6}$；螺栓内的应力 $\sigma_{螺}=\frac{F}{6A_{螺}}=16.9p$

强度条件 $\sigma_{螺}\leqslant[\sigma]_{螺}$，$16.9p\leqslant 110\text{MPa}$，得 $p\leqslant 6.5\text{MPa}$

所以，最大油压取小值 6.5MPa，即 $p_{max}=6.5\text{MPa}$

2. **解** 对 C 处铰接进行受力分析得

$$F_{AC}=F_{BC}=100\text{kN}$$

所以，AC 杆受拉，BC 杆受压

$$[\sigma]_g\geqslant\frac{F_{AC}}{2S},\ S\geqslant\frac{F_{AC}}{2[\sigma]_g}=3.125\times10^{-4}\text{m}^2$$

查角钢型号表知可选用∟40×40×4 角钢

同理，对于木杆 $[\sigma]_m\geqslant\frac{F_{BC}}{S},\ S\geqslant\frac{100}{10}=0.01\text{m}^2$，得 $a\geqslant 100\text{mm}$

即得木杆的最小尺寸是 10cm。

3. **解** 6.3 槽钢 $A=8.444\text{cm}^2$

(1) 设 F 到 A 点距离为 x

$$\sum M_A = 0,\ F_B \cdot 2l - F_x = 0,\ F_B = \frac{Fx}{2l}$$

$$\sum Y = 0,\ F_A = F - F_B = \frac{F(2l-x)}{2l}$$

以节点 E 为研究对象，见附图 3－1 (a)

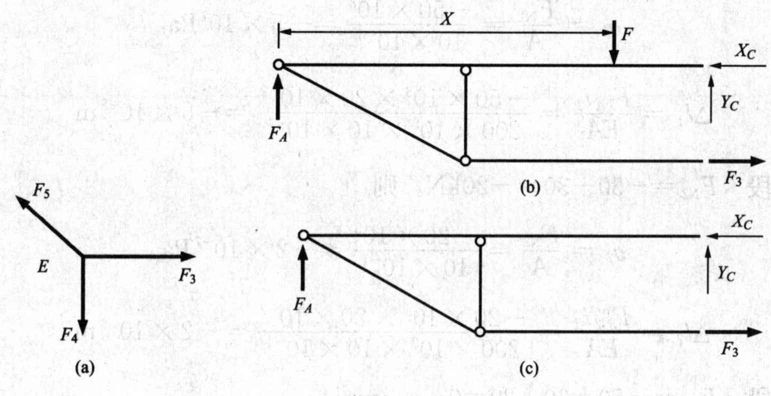

附图 3－1

由平衡条件得 $F_3 = F_4 = \frac{\sqrt{2}}{2}F_5$，所以，$F_5$ 先达到许用应力

当 F 在 AC 上，取左半部分，受力图如附图 3－1 (b) 所示

$$\sum M_C = 0,\ F_3 = \frac{Fx}{2a},\ x \in [0,\ l] \tag{1}$$

当 F 在 BC 上，取左半部分，受力图如附图 3－1 (c) 所示

$$\sum M_C = 0,\ F_3 = \frac{F(2l-x)}{2a},\ x \in [l,\ 2l] \tag{2}$$

由式 (1)、式 (2) 可得：当 $x = l$ 时，F_3 取得最大值，$F_3 = \frac{Fl}{2a}$，此时 $F_5 = \frac{\sqrt{2}Fl}{2a}$

杆 1、杆 3、杆 5，$[N] = [\sigma]_g A_1 = 160 \times 8.444 = 135.1\text{kN}$

杆 2、杆 4，$[N] = [\sigma]_m A_2 = 115.2\text{kN}$

$$\frac{\sqrt{2}Fl}{2a} = F_5 \leqslant [\sigma]_g A_1 = 135.1\text{kN},\ F \leqslant 76.3\text{kN}$$

$$F_4 = \frac{Fl}{2a} \leqslant [\sigma]_m A_2 = 115.2\text{kN},\ F \leqslant 92.16\text{kN}$$

所以　$[F] = 76.3\text{kN}$

4. **解**　(1) 求 BC 杆内力，见附图 3－2。

$$\sum M_A = 0,\ F_C = \frac{ql^2}{2h\cos\alpha}$$

设 BC 杆的横截面面积为 A，则 $A \geqslant \frac{F}{[\sigma]}$，$G = \gamma AL$

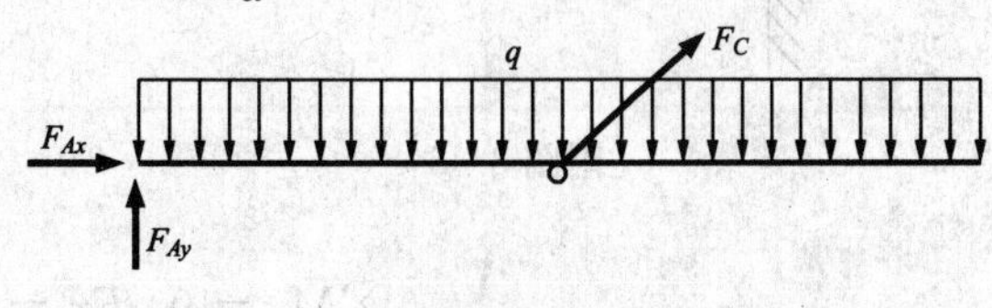

附图 3－2

$$W_{\min} = G_{\min} = \frac{F_C}{[\sigma]}\frac{\gamma h}{\sin\alpha} = \frac{\gamma q l^2}{[\sigma]\sin 2\alpha}$$

$$\sin 2\alpha \leqslant 1 \Rightarrow W_{\min} \geqslant \frac{\gamma q l^2}{[\sigma]}$$

所以，当 $\sin 2\alpha = 1$ 时，取得最小值，即 $\alpha = \frac{\pi}{4}$ 时，$W_{\min} = \frac{q l^2 \gamma}{[\sigma]}$

5. **解** 对于 BD 段 $F_{N1} = -50\text{kN}$，则

$$\sigma_1 = \frac{F_{N1}}{A} = \frac{-50 \times 10^3}{10 \times 10^{-4}} = -5 \times 10^7 \text{Pa}$$

$$\Delta l_1 = \frac{F_{N1} l_1}{EA} = \frac{-50 \times 10^3 \times 20 \times 10^{-2}}{200 \times 10^9 \times 10 \times 10^{-4}} = -5 \times 10^{-5} \text{m}$$

对于 DC 段 $F_{N2} = -50 + 30 = -20\text{kN}$，则

$$\sigma_2 = \frac{F_{N2}}{A} = \frac{-20 \times 10^3}{10 \times 10^{-4}} = -2 \times 10^{-7} \text{Pa}$$

$$\Delta l_2 = \frac{F_{N2} l_2}{EA} = \frac{-20 \times 10^3 \times 20 \times 10^{-2}}{200 \times 10^9 \times 10 \times 10^{-4}} = -2 \times 10^{-5} \text{m}$$

对于 CA 段 $F_{N3} = -50 + 30 + 20 = 0$

所以 $\sigma_3 = 0$，$\Delta l_3 = 0$

所以 $\Delta l = \Delta l_1 + \Delta l_2 = (-5-2) \times 10^{-5}\text{m} = -7 \times 10^{-5}\text{m}$

所以，AB 总变形为 $7 \times 10^{-5}\text{m}$，B 点向下移动。

6. **解** 取 AB 杆为研究对象，受力分析如附图 3-3 所示。

$$\sum M_A = 0,\ 1000 F_{CD} \sin\alpha = 2000F,\ F_{CD} = 50\text{kN}$$

$$\Delta l = \frac{F_{CD} l_{CD}}{EA} = \frac{50 \times 10^3 \times 1250 \times 10^{-3}}{200 \times 10^9 \times \frac{\pi}{4} \times 20^2 \times 10^{-6}} \approx 1\text{mm}$$

$$\sin\alpha = \frac{750}{\sqrt{750^2 + 1000^2}} = 0.6$$

由于 AB 杆为刚性杆，所以 B、D 点的铅垂位移对应成比例。

又因为 CD 杆的伸长量很小，所以，$\angle ACD$ 的变化可忽略不计。

$$\Delta B = 2\Delta D = 2\frac{\Delta l}{\sin\alpha} = 2 \times \frac{1}{0.6} \approx 3.3\text{mm}(\downarrow)$$

7. **解** 取 AC 杆为研究对象，受力分析如附图 3-4 所示。

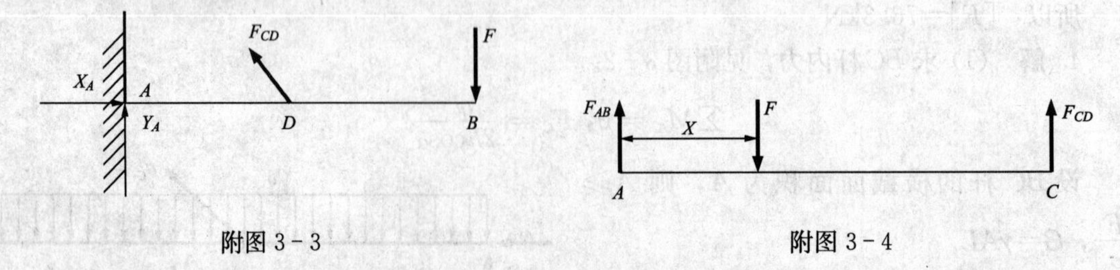

附图 3-3　　附图 3-4

$$\sum M_A = 0,\ Fx = F_{CD} l \Rightarrow F_{CD} = \frac{Fx}{l}$$

$$\sum Y=0,\ F_{AB}=F-F_{CD}=\frac{F(l-x)}{l}$$

若要保持 AC 杆始终水平，则

$$\Delta l_{AB}=\Delta l_{CD}$$

即 $\dfrac{F_{AB}l_{AB}}{E_1A_1}=\dfrac{F_{CD}l_{CD}}{E_2A_2}$，$\dfrac{F(l-x)l_1}{lE_1A_1}=\dfrac{Fxl_2}{lE_2A_2}$，得

$$x=\frac{E_2A_2l_1l}{E_2A_2l_1+E_1A_1l_2}$$

8. **解**　(a) 取 A 点为研究对象，即

$$N_{AB}=\frac{F}{\tan30^\circ}\approx86.6\text{kN},\ N_{AC}=\frac{F}{\sin30^\circ}=100\text{kN}$$

所以，$\Delta l_{AB}=\dfrac{N_{AB}l_{AB}}{EA}=0.25\text{mm}$

$$\Delta l_{AC}=\frac{N_{AC}l_{AC}}{EA}\approx0.33\text{mm}$$

所以，水平位移　$\Delta l_{水平}=\Delta l_{AB}=0.25\text{mm}$

垂直位移　$\Delta l_{垂直}=\Delta l_{AC}\sin30^\circ=0.165\text{mm}$

(b) 取 A 点为研究对象，即

$$N_{AB}=0,\ N_{AC}=F=50\text{kN}$$

所以　$\Delta l_{AB}=0$

$$\Delta l_{AC}=\frac{N_{AC}l_{AC}}{EA}=0.165\text{mm}$$

所以，水平位移　$\Delta l_{水平}=\Delta l_{AC}\cos30^\circ=0.143\text{mm}$

垂直位移　$\Delta l_{垂直}=\Delta l_{AC}\sin30^\circ=0.0825\text{mm}$

(c) 取 A 点为研究对象

$$N_{AB}=F=50\text{kN},\ N_{AC}=0$$

所以　$\Delta l_{AC}=0,\ \Delta l_{AB}=\dfrac{N_{AB}l_{AB}}{EA}=0.14\text{mm}$

所以，水平位移　$\Delta l_{水平}=\Delta l_{AB}=0.14\text{mm}$，$\Delta l_{垂直}=0$

9. **解**　由于 AB 杆为刚性杆，所以　$\Delta l_2=2\Delta l_1$

又因为杆 1、杆 2 的弹性模量和尺寸均相同，所以　$F_2=2F_1$　(1)

由静力平衡，得

$$\sum M=0\Rightarrow F_1+2F_2=3F \quad (2)$$

由式 (1)、式 (2) 联立得

$$F_1=60\text{kN},\ F_2=120\text{kN}$$

所以　$\sigma_1=\dfrac{F_1}{A_1}=60\text{MPa},\ \sigma_2=\dfrac{F_2}{A_2}=120\text{MPa}$

10. **解**　(1) 由 $\Delta l_{AB}=\dfrac{Fl_{AB}}{E_1A_1}=\Delta=0.08\text{m}$，得 $F=32\text{kN}$

(2) 当 $F=500\text{kN}$ 时，由于 $F=500\text{kN}>32\text{kN}$

设 AB 段的伸长量为 X_1，BC 段缩短量为 X_2

则
$$X_1-X_2=\Delta=0.08\text{mm} \tag{1}$$

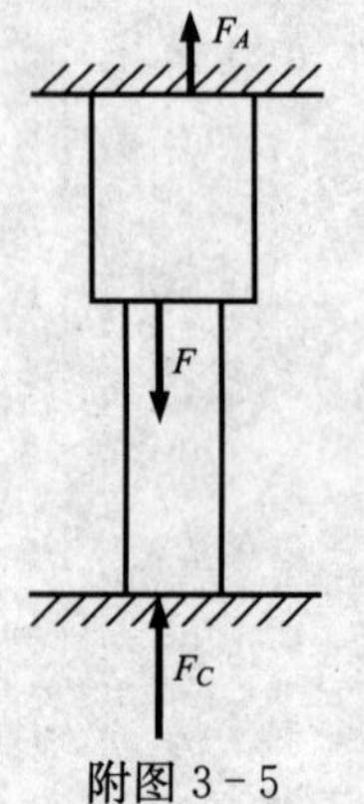

附图 3-5

再设 A 端受力为 F_A，C 端受力为 F_C，如附图 3-5 所示

则
$$F_A+F_C=F \tag{2}$$
$$X_1=\frac{(F-F_A)l_{AB}}{E_1A_1} \tag{3}$$
$$X_2=\frac{(F-F_C)l_{BC}}{E_2A_2} \tag{4}$$

由式 (1)～式 (4) 联立得
$$F_A=344\text{kN}, F_C=156\text{kN}$$

则 $\sigma_1=\frac{F_A}{A_1}=86\text{MPa}$(拉)，$\sigma_2=\frac{F_C}{A_2}=78\text{MPa}$(压)

11. **解** 分析：由于温度升高引起杆 3 的伸长量为
$$\Delta l=\alpha l\Delta t=4.8\times10^{-4}l$$

设三杆由于内力引起的伸长量分别为 Δl_1、Δl_2、Δl_3，三杆的内力分别为 F_1、F_2、F_3

则
$$\Delta l_1=\frac{F_1l}{EA}, \Delta l_2=\frac{F_2l}{EA}, \Delta l_3=\frac{F_3l}{EA}$$

选取 AC 杆为研究对象，即
$$\sum M_B=0\Rightarrow F_1=F_3$$

又因为 AC 杆为刚性梁，则
$$\frac{\Delta l_1+\Delta l_2}{\Delta l_1+\Delta l-\Delta l_3}=\frac{1}{2}\Rightarrow\Delta l_1+2\Delta l_2+\Delta l_3=\Delta l$$
$$F_1+F_2+F_3=0\Rightarrow F_2=-2F_1$$

整理得 $F_1=F_3=-160\text{N}$(压)，$F_2=320\text{N}$(拉)

第　四　章

一、选择题

1. A　2. D　3. C、D

二、填空题

1. $d_1<d_2$　2. 8 倍　3. 45°螺旋面

三、判断题

1. ×　×　2. ×　3. ×　4. ×　5. √

四、引导题

$T=4774.5$

$\tau_{\max}=25.9\text{MPa}$

满足

$\theta=0.372°/\text{m}$

满足

五、计算题

1. **解** 距轴心 10mm 处的切应力为

$$\tau_\rho=\frac{T\rho}{I_p}=\frac{2.15\times10^3\times10\times10^{-3}}{\frac{\pi}{32}D^4}=\frac{2.15\times10}{\frac{\pi}{32}\times0.05^4}=35\times10^6\,\text{Pa}=35\text{MPa}$$

当 $\rho=r$ 时，即在横截面周边上的各点处，切应力达到最大值

$$\tau_{max}=\frac{T}{W_p}=\frac{2.15\times10^3}{\frac{\pi}{16}\times(0.05)^3}=87.6\text{MPa}$$

2. **解**　$T=9549\times\frac{\rho}{n}=9549\times\frac{15000}{250}=572.94\times10^3\text{N}\cdot\text{m}$

$$\tau_{max}=\frac{T}{\frac{\pi}{16}D^3(1-\alpha^4)}=19.24\text{MPa}$$

$\tau_{max}<[\tau]$，该轴满足强度条件的要求

3. **解**　用截面法求得 AB、BC 段扭矩：

AB 段　$T_1=-2m$；BC 段　$T_2=m$

AB 段扭矩比 BC 段的扭矩绝对值大，但两直径不同

故需分别求 AB、BC 两段外力偶矩许可值：

AB 段　$[T_1]=2m\leqslant[\tau]\cdot W_p=[\tau]\frac{\pi D^3}{16}$，得

$$m\leqslant39.3\text{kN}\cdot\text{m}$$

BC 段　$[T_2]=m\leqslant[\tau]\cdot W_p=[\tau]\cdot\frac{\pi D^3(1-\alpha^4)}{16}=78.5\text{kN}\cdot\text{m}$

故　$[m]=39.3\text{kN}\cdot\text{m}$

4. **解**　(1) 计算外力偶矩，即

$$m_1=9549\times\frac{P_1}{n}=620.69\text{N}\cdot\text{m}$$

$$m_2=9549\times\frac{P_2}{n}=811.67\text{N}\cdot\text{m}$$

$$m_3=9549\times\frac{P_3}{n}=1432.35\text{N}\cdot\text{m}$$

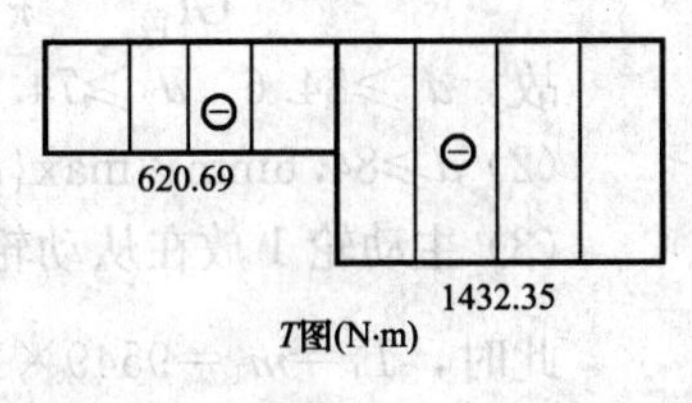

附图 4-1

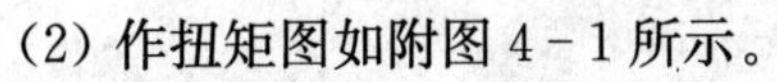
(2) 作扭矩图如附图 4-1 所示。

(3) 强度校核

$$\tau=\frac{T}{W_p}$$

AC 段　$\tau_{max}=\frac{T_1}{W_{p1}}=\frac{620.69}{1.256\times10^{-5}}=49.42\text{MPa}<[\tau]$

CD 段　$\tau_{max}=\frac{T_1}{W_{p2}}=\frac{620.69}{6.73\times10^{-5}}=9.23\text{MPa}<[\tau]$

DB 段　$\tau_{max}=\frac{T_2}{W_{p2}}=\frac{1432.35}{6.73\times10^{-5}}=21.28\text{MPa}<[\tau]$

(4) 刚度校核

$$\theta=\frac{T}{GI_{p1}}\times\frac{180}{\pi}$$

AC 段 $\theta=\frac{T_1}{GI_{p1}}\times\frac{180}{\pi}=\frac{620.69\times180}{80\times10^9\times2.512\times10^{-7}\times\pi}=1.77\leqslant[\theta]$

CD 段 $\theta=\frac{T_1}{GI_{p2}}\times\frac{180}{\pi}=\frac{620.69\times180}{80\times10^9\times2.36\times10^{-6}\times\pi}=0.19\leqslant[\theta]$

DB 段 $\theta=\frac{T_2}{GI_{p2}}\times\frac{180}{\pi}=\frac{1432.35\times180}{80\times10^9\times2.36\times10^{-6}\times\pi}=0.43\leqslant[\theta]$

故该轴满足强度和刚度要求。

5. **解** (1) 分别求 AB 和 BC 段的扭矩：

AB 段 $T_1=9549\times\frac{P_1}{n}=9549\times\frac{367.8}{500}=7024.24\text{N}\cdot\text{m}$

BC 段 $T_2=9549\times\frac{P_3}{n}=9549\times\frac{220.65}{500}=4213.97\text{N}\cdot\text{m}$

根据强度和刚度条件确定 AB 段和 BC 段的直径

强度要求

AB 段 $\tau_{max}=\frac{T_1}{W_1}=\frac{T_1}{\frac{\pi}{16}d_1^3}\leqslant[\tau]$，$d_1^3\geqslant\frac{T_1}{\frac{\pi}{16}[\tau]}=\frac{16\times7024.24}{70\times10^6\times\pi}$

得 $d_1\geqslant80.0\text{mm}$

同理 BC 段 $\frac{T_2}{W_2}\leqslant[\tau]$，$d_2\geqslant67.4\text{mm}$

刚度要求：

AB 段 $\theta_1=\frac{T_1}{GI_{p1}}\times\frac{180}{\pi}\leqslant[\theta]$，$d_1\geqslant\sqrt[4]{\frac{32T_1\times180}{G[\theta]\pi^2}}=84.6\text{mm}$

BC 段 $\theta_2=\frac{T_2}{GI_{p2}}\times\frac{180}{\pi}\leqslant[\theta]$，$d_2\geqslant\sqrt[4]{\frac{32T_2\times180}{G[\theta]\pi^2}}=74.5\text{mm}$

故 $d_1\geqslant84.6$ $d_2\geqslant74.5\text{mm}$

(2) $d\geqslant84.6\text{mm}=\max\{d_1, d_2\}$

(3) 主动轮 1 放在从动轮 2、3 之间比较合理。

此时，$T_1=m_1=9549\times10^3\times\frac{147.15}{500}=2810.27\text{N}\cdot\text{m}$

同样，根据强度条件 $\frac{T_1}{W_{p1}}\leqslant[\tau]\Rightarrow d_1\geqslant58.9\text{mm}$

根据刚度条件 $\frac{T_1}{GI_{\rho1}}\times\frac{180}{\pi}\leqslant[\theta]\Rightarrow d_1\geqslant67.3\text{mm}$

T_2 不变，故 $d_2\geqslant74.5\text{mm}$

由此可见，这样放置可以节省不少材料。

第 五 章

一、选择题

1. B 2. C 3. A 4. B 5. A、B 6. D 7. D 8. B

二、填空题

1. $\frac{W}{A}$ 2. 0°

三、判断题

1. √　2. ×　3. √　4. √　5. ×

四、计算题

1. **解**　设圆心到钢尺中性层的距离为 r，则

$$r \cdot \frac{\pi}{3} = 250,\ r = \frac{250 \times 10^{-3}}{\pi/3} = 238.85\text{mm/rad}$$

则此时外边缘长度为 $(r + 0.4) \times \frac{\pi}{3} = 239.32$

最大应变发生在外边缘为 $\varepsilon = \frac{\Delta l}{l} = \frac{0.42}{250} = 0.0017$

钢尺中最大正应力为 $\sigma = E\varepsilon = 0.0017 \times 200 \times 10^9\text{Pa} = 3.35 \times 10^8\text{Pa}$

2. **解**　m—m 截面上，$M_m = 20\text{kN} \cdot \text{m}$　下侧受拉

n—n 截面上 $M_n = -25\text{kN} \cdot \text{m}$　上侧受拉

$$I_z = \frac{bh^3}{12} = \frac{1}{12} \times 0.18 \times 0.3^3 = 4.05 \times 10^{-4}\text{m}^4$$

m—m 截面上，$\sigma_A = \frac{M_m}{I_z} \cdot y_A = \frac{20 \times 10^3}{4.05 \times 10^{-4}} \times (-0.15) = -7.41 \times 10^6\text{Pa} = -7.41\text{MPa}$

$$\sigma_B = \frac{M_m}{I_z} \cdot y_B = 4.94\text{MPa},\ \sigma_C = 0,\ \sigma_D = 7.4\text{MPa}$$

n—n 截面，$\sigma_A = \frac{M_n}{I_z} \cdot y_A = 9.26\text{MPa},\ \sigma_B = \frac{M_m}{I_z} \cdot y_B = -6.17\text{MPa}$

$$\sigma_C = 0,\ \sigma_D = -\sigma_A = -9.26\text{MPa}$$

3. **解**　$M(x) = \frac{ql}{2} \cdot x - \frac{1}{2}qx^2 \quad x \in [0, l]$

下边缘线应变为 $\varepsilon = \frac{1}{E}\sigma_{\max},\ \varepsilon = \frac{1}{E} \times \frac{M}{W_z} = \frac{1}{E} \times \frac{1}{2}(qlx - qx^2)\frac{6}{bh^2} = \frac{3qx(l-x)}{Ebh^2}$

下边缘总伸长为 $\Delta l = 2\int_0^{y_2} \varepsilon \mathrm{d}x = \frac{6q}{Ebh^2} \cdot \int_0^{\frac{l}{2}} x(l-x)\mathrm{d}x = \frac{ql^3}{2Ebh^2}$

4. **解**　作剪力图弯矩图，见附图 5-1

剪力最大值为 45kN，弯矩最大值为 $M_{\max} = 30\text{kN} \cdot \text{m}$

$$\frac{M_{\max}}{W_z} \leqslant [\sigma],\ W_z \geqslant \frac{M_{\max}}{[\sigma]} = 1.875 \times 10^4\text{m}^3$$

经计算选择 18 号型钢，$W_z = 1.85 \times 10^{-4}\text{m}^3$，相差 1.35%

$\sigma = \frac{M}{W_z} = 162.2\text{MPa}$，超过 $[\sigma]$ 1.3%

此时，$\tau = \frac{F_{\max}S_z^*}{I_z b} = \frac{45 \times 10^3}{6.5 \times 10^{-3} \times 0.154} = 44.9\text{MPa} < [\tau]$

可以选用 18 号工字钢。

5. **解**　(1) 支反力 $R_A = 60\text{kN}(\uparrow)$，$R_B = 40\text{kN}(\uparrow)$

作剪力图和弯矩图见附图 5-2

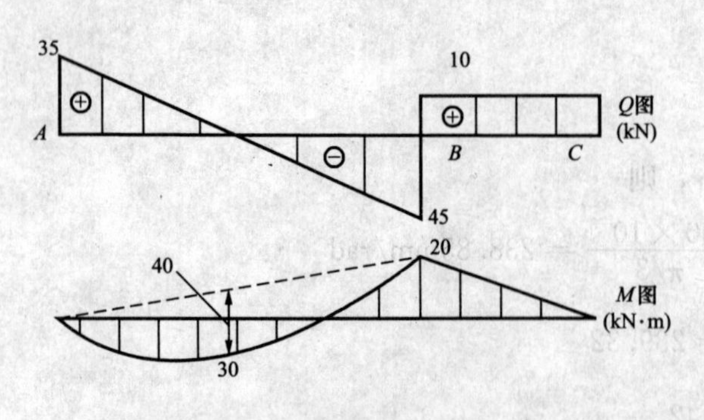

附图 5-1

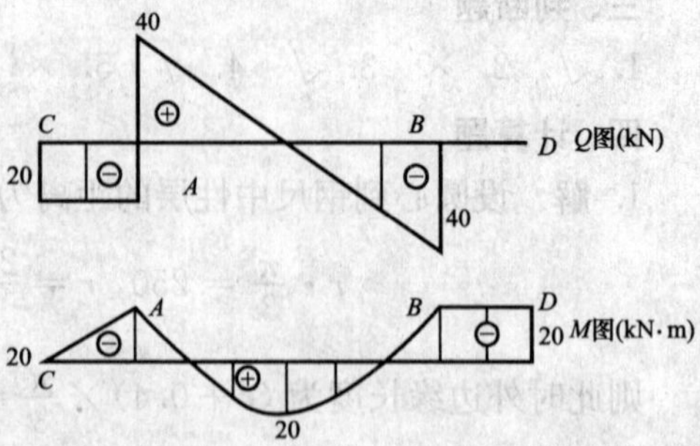

附图 5-2

确定最大剪力 $|Q_{\max}|=40\text{kN}$，最大弯矩 $|M_{\max}|=20\text{kN}$

(2) 校核正应力强度和剪应力强度

$$b=6\text{cm},\ I_z=\frac{bh^3}{12}=500\text{cm}^4,\ S_{Z\max}=\frac{A}{2}\cdot\frac{h}{4}=75\text{cm}^3$$

$$\sigma_{\max}=\frac{M_{\max}}{W_z}=\frac{20\times10^3}{\frac{1}{6}\times60\times100^2\times10^{-9}}=200\text{MPa}=[\sigma]$$

$$\tau_{\max}=\frac{Q_{\max}S_{Z\max}}{I_z b}=\frac{40\times10^3}{500\times10^{-8}\times6\times10^{-2}}=10\text{MPa}<[\tau]=60\text{MPa}$$

因此，梁的强度足够。

6. **解** 作梁的弯矩图，见附图 5-3

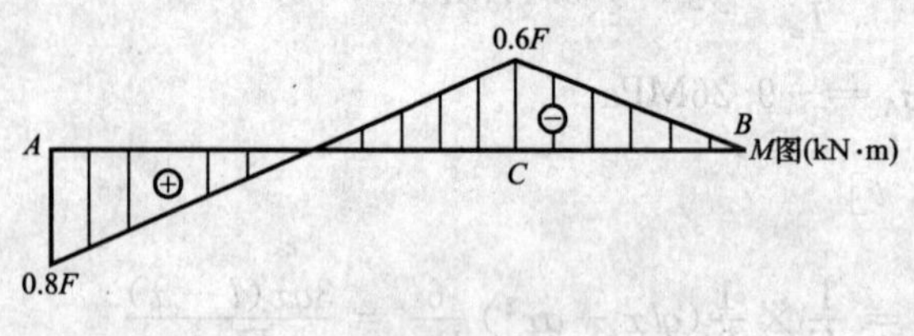

附图 5-3

$$y_1=0.0964\text{m},$$

$$y_2=0.25-0.0964=0.1536\text{m}$$

$$I_z=I_{z1}+I_{z2}=1.0186\times10^{-4}\text{m}^4$$

经分析，在 C 截面处 $\sigma^+_{\max}>\sigma^-_{\max}$，$[\sigma^+]<[\sigma^-]$

C 截面只需校核拉应力，即

在 C 截面处，$\sigma^+_{\max}=\dfrac{M_C y_2}{I_z}\leqslant[\sigma^+]$，将 $M_C=0.6F$ 代入得

$\dfrac{0.6F}{I_z}y_2\leqslant[\sigma^+]$，得 $F\leqslant44.2\text{kN}$

在 A 截面处，拉应力和压应力均需要校核，即

$\sigma^+_{\max}=\dfrac{M_A y_1}{I_z}\leqslant[\sigma^+]$，将 $M_A=0.8F$ 代入得

$$F\leqslant[\sigma^+]\times\frac{I_z}{0.8y_1}=52.8\text{kN}$$

$\sigma^-_{\max}=\dfrac{M_A y_2}{I_z}\leqslant[\sigma^-]$，将 $M_A=0.8F$ 代入得

$$F\leqslant[\sigma^-]\times\frac{I_z}{0.8y_2}=132.6\text{kN}$$

综上分析，故 $[F]=44.2\text{kN}$

7. **解**　(1) 作梁的弯矩图和剪力图，如附图 5－4 所示：

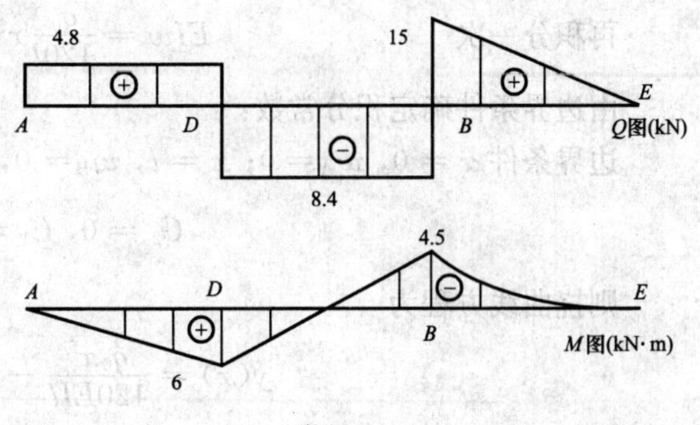

附图 5－4

(2) 求梁内最大拉应力和最大压应力

$$\bar{y}=\frac{2\times0.025\times0.125\times0.125/2+0.025\times0.25\times0.025/2}{2\times0.25\times0.125+0.25\times0.025}$$

$=0.0375\text{m}$

$$y_1=\bar{y}=0.0375\text{m},$$

$y_2=0.125-0.0375=0.0875\text{m}$

$I_z=1.63\times10^7\text{mm}^4=1.63\times10^{-5}\text{m}^4$

D 截面　$\sigma_{D\max}^{+}=\dfrac{M_D y_1}{I_z}=\dfrac{6\times37.5}{1.63\times10^{-5}}=13.8\text{MPa}$

B 截面　$\sigma_{B\max}^{+}=\dfrac{M_B y_2}{I_z}=\dfrac{4.5\times87.5}{1.63\times10^{-5}}=24.16\text{MPa}$

最大拉应力发生在 B 截面，$\sigma_{\max}=24.16\text{MPa}$

最大压应力发生在 D 截面，$\sigma_{D\max}^{-}=\dfrac{M_D y_2}{I_z}=32.21\text{MPa}$

(3) 求梁内最大切应力

$$S_{z1}=1.91\times10^{-4}\text{m}^3,\ S_{z2}=1.91\times10^{-4}\text{m}^3$$

$$\tau_{\max}=\frac{F_{s\max}S_Z}{I_z b}=\frac{15\times10^3\times1.91\times10^{-4}}{1.63\times10^{-5}\times25\times10^{-3}\times2}=3.52\text{MPa}$$

第　六　章

一、选择题

1. A、C　2. C　3. A　4. B、D　5. D

二、填空题

$\omega_A=0,\ \theta_A=0,\ \omega_C=0,\ \omega_{D左}=\omega_{D右},\ \theta_{D左}=\theta_{D右},\ \omega_{B左}=\omega_{B右}$

三、判断题

1. ×　2. ×　3. √　4. √　5. ×

四、计算题

1. **解**　(a) 首先求支座约束力：

由平衡条件知，$F_A=\dfrac{q_0 l}{6}(\uparrow)$，$F_B=\dfrac{q_0 l}{3}(\uparrow)$

梁的弯矩方程为　$M(x)=-\dfrac{q_0 x^3}{6l}+\dfrac{q_0 l x}{6}\quad(0\leqslant x\leqslant l)$

挠曲线近似微分方程及其积分为

$$EIw''=-M(x)=-\frac{q_0 l}{6}x+\frac{q_0 x^3}{6l}$$

积分一次　$EI\theta=EIw'=\displaystyle\int -M(x)\mathrm{d}x+C_1=\frac{q_0}{24l}x^4-\frac{q_0 l}{12}x^2+C_1$　(1)

再积分一次　　$EIw=\dfrac{q_0}{120l}x^5-\dfrac{q_0}{36}x^3+C_1x+C_2$　　(2)

由边界条件确定积分常数：

边界条件 $x=0$，$w_A=0$；$x=l$，$w_B=0$，代入式 (2) 得

$$C_2=0,\ C_1=\frac{7}{360}q_0l^3$$

则挠曲线方程为

$$y(x)=\frac{q_0x^5}{120EIl}-\frac{q_0lx^3}{36EI}+\frac{7q_0l^3}{360EI}x$$

转角方程为

$$\theta(x)=\frac{q_0x^4}{24EIl}-\frac{q_0lx^2}{12EI}+\frac{7q_0l^3}{360EI}$$

又当 $y'(x)=0$ 时取 w_{max}，由 $y'(x)=0$ 时，$x=0.52$

则 $w_{max}=0.00642\dfrac{q_0l^4}{EI}(\downarrow)$

当 $\theta'(x)=0$ 时，即弯矩为零处，取得最大转角，即 A、B 支座处

由 $x=0$，$\theta_A=\dfrac{7}{360EI}q_0l^3$，$x=l$，$\theta_B=-\dfrac{q_0l^3}{45EI}$(↻)

所以 $\theta_{max}=-\dfrac{q_0l^3}{45EI}$(↻)

(b) 由平衡方程知，支座约束力为

$F_A=\dfrac{ql}{2}(\uparrow)$，$M_A=\dfrac{3ql^2}{8}$(↻)

梁的弯曲方程为

$$M_1(x)=-\frac{ql}{2}\left(\frac{3}{4}l-x\right)\quad\left(0<x\leqslant\frac{l}{2}\right)$$

$$M_2(x)=-\frac{1}{2}q(l-x)^2\quad\left(\frac{1}{2}l<x\leqslant l\right)$$

AC 段　$EIw''_1=-M_1(x)=\dfrac{ql}{2}\left(\dfrac{3}{4}l-x\right)$

$$EIw'_1=-\frac{ql}{4}\left(\frac{3}{4}l-x\right)^2+C_1$$

$$EIw_1=\frac{ql}{12}\left(\frac{3}{4}l-x\right)^3+C_1x+D_1$$

BC 段　$EIw''_2=-M(x)=\dfrac{1}{2}q(l-x)^2$

$$EIw'_2=-\frac{q}{6}(l-x)^3+C_2$$

$$EIw_2=\frac{q}{24}(l-x)^4+C_2x+D_2$$

由边界条件 $w_A=0$，$\theta_A=0$ 得

$$C_1=\frac{9}{64}ql^3,\ D_1=-\frac{9}{256}ql^4$$

由连续条件 $\theta_{C左}=\theta_{C右}$，$\omega_{C左}=\omega_{C右}$ 得

$$C_2=\frac{7}{48}\frac{ql^3}{b},\ D_2=-\frac{15}{384}ql^4$$

梁的挠曲线方程为

$$\begin{cases} y(x)=\dfrac{ql}{12EI}\left(\dfrac{3l}{4}-x\right)^3+\dfrac{9ql^3}{64EI}-\dfrac{9}{256EI}ql^4 & \left(0<x\leqslant\dfrac{l}{2}\right)AC\text{ 段} \\ y(x)=\dfrac{q(l-x)^4}{24EI}+\dfrac{7ql^3}{48EI}x & \left(\dfrac{1}{2}l<x\leqslant l\right)CB\text{ 段} \end{cases}$$

于是 AC 段转角方程和挠度方程为

$$\begin{cases} \theta=\left[-\dfrac{ql}{4}\left(\dfrac{3l}{4}-x\right)^2+\dfrac{9ql^3}{64}\right]\Big/EI \\ \omega=\left[\dfrac{ql}{12}\left(\dfrac{3l}{4}-x\right)^3+\dfrac{9ql^3x}{64}-\dfrac{9ql^4}{256}\right]\Big/EI \end{cases}$$

CB 段转角方程和挠度方程为

$$\begin{cases} \theta=-\dfrac{q(l-x)^3}{6EI}+\dfrac{7ql^3}{48EI} \\ \omega=\dfrac{q(l-x)^4}{24EI}+\dfrac{7ql^3x}{48EI} \end{cases}$$

最大转角发生在 $M(x)=0$ 处，即 $\theta_{\max}=\theta_B=\dfrac{7ql^3}{48EI}$(↙)

最大挠度为 B 端挠度，$\omega_{\max}=\omega_B=\dfrac{41ql^4}{384EI}(\downarrow)$

2. **解**　(a) 梁上的荷载可以分为两项简单荷载的叠加，如附图 6－1 (b)、(c) 所示，这两种情况下 C 端的挠度和转角分别相加便得到原梁 C 端的 θ_C 及 w_C，即得到附图 6－1 (a) 的挠度和转角：

附图 6－1 (b) 所示在均布荷载作用下

$$w_{C1}=\frac{l}{2}\theta_A=-\frac{l}{2}\times\frac{ql^3}{24}=-\frac{ql^4}{48}(\uparrow)$$

$$\theta_{C1}=\theta_A=-\frac{ql^3}{24}(↙)$$

附图 6－1 (c) 所示在集中荷载作用下

$$w_{C2}=\frac{F\left(\dfrac{l}{2}\right)^3}{3EI}\times\frac{3l}{2}=\frac{ql^4}{16EI}(\downarrow)$$

$$\theta_{C2}=\frac{\dfrac{ql}{2}\times\dfrac{l}{2}}{6EI}\times\left(2l+\frac{3l}{2}\right)=\frac{7}{48}ql^3(↻)$$

所以原梁 C 端的 θ_C 及 w_C 分别为

$$w_C=w_{C1}+w_{C2}=\frac{ql^4}{EI}\times\left(-\frac{1}{48}+\frac{1}{16}\right)=\frac{ql^4}{24EI}(\downarrow)$$

$$\theta_C=\theta_{C1}+\theta_{C2}=\frac{ql^3}{EI}\times\left(-\frac{1}{24}+\frac{7}{48}\right)=\frac{5}{48}ql^3(↻)$$

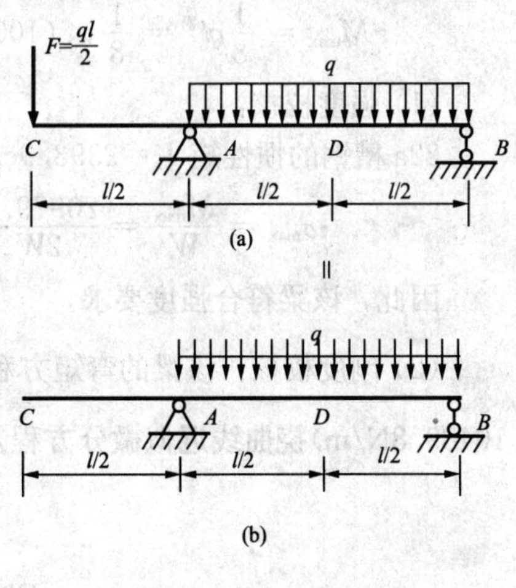

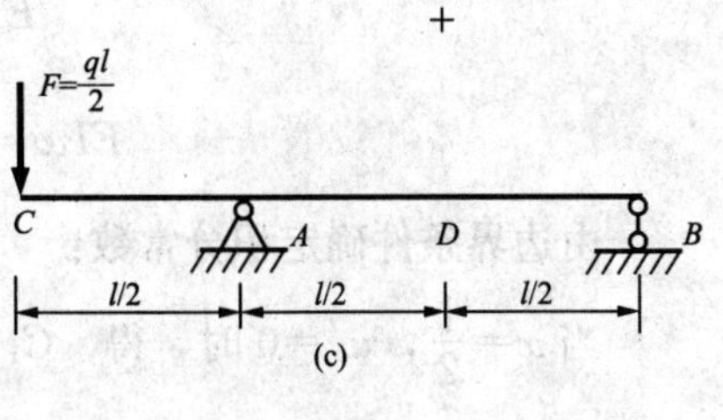

附图 6－1

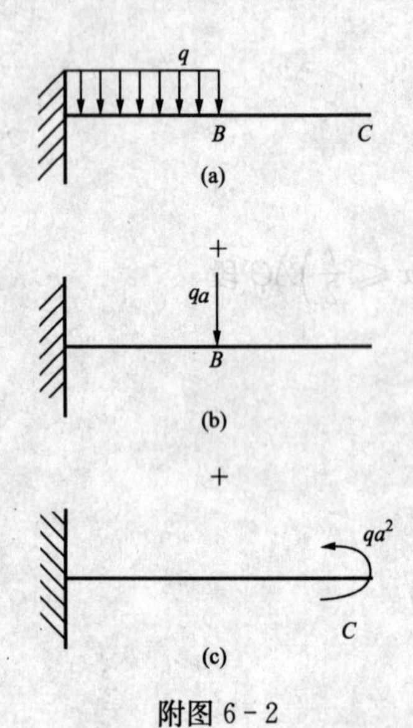

附图 6－2

(b) 梁上荷载可分为三项简单的荷载叠加，如附图 6－2 (a)、(b)、(c) 所示，这三种情况下 C 端的挠度和转角分别相加便得到原梁 C 端的 θ_C 及 w_C。

附图 6－2 (a) 所示在均布荷载作用下 C 端挠度及转角为

$$\theta_{C1}=\theta_{B1}=\frac{qa^3}{6EI},\ \omega_{B1}=\frac{qa^4}{8EI}$$

则 $\omega_{C1}=\omega_{B1}+\theta_{B1}a=\dfrac{7qa^4}{24EI}$

附图 6－2 (b) 所示在集中荷载作用下 C 端挠度及转角为

$$\omega_{C2}=\frac{(qa)\times a^2}{6EI}(3\times 2a-a)=\frac{5qa^4}{6EI}$$

$$\theta_{C2}=\frac{(qa)\times a^2}{2EI}=\frac{qa^3}{2EI}$$

附图 6－2 (c) 所示在集中力偶作用下 C 端挠度及转角为

$$\theta_{C3}=-\frac{qa^2}{EI}\times 2a=-\frac{2qa^3}{EI}$$

$$\omega_{C3}=-\frac{qa^2(2a)^2}{2EI}=-\frac{2qa^4}{EI}$$

$$\theta_C=\theta_{C1}+\theta_{C2}+\theta_{C3}=\frac{qa^3}{EI}\left(\frac{1}{6}+\frac{1}{2}-2\right)=-\frac{4qa^3}{3EI}(\circlearrowright)$$

$$\omega_C=\omega_{C1}+\omega_{C2}+\omega_{C3}=\frac{qa^4}{EI}\left(\frac{7}{24}+\frac{5}{6}-2\right)=-\frac{7qa^4}{8EI}(\uparrow)$$

3. **解** 首先计算梁在已知荷载下的最大弯矩

$$M_{\max}=\frac{1}{8}ql^2=\frac{1}{8}\times(10000+2\times 24.99\times 9.8)\times 4^2=20979.61\text{N}\cdot\text{m}$$

(1) 强度校核：

22a 槽钢的惯性矩 $I_z=2393.9\text{cm}^4$，$W_z=217.6\text{cm}^3$，理论重量为 24.99kg/m，

$$\sigma_{\max}=\frac{M_{\max}}{W}=\frac{20979.61}{2W_z}=\frac{20979.61}{2\times 217.6\times 10^{-6}}=48.2\text{MPa}<[\sigma]$$

因此，该梁符合强度要求。

(2) 刚度校核：该梁的弯矩方程为 $M(x)=\dfrac{q'}{2}lx-\dfrac{q'}{2}x^2$（$q'=10000+2\times 24.99\times 9.8=10489.8\text{N/m}$）挠曲线近似微分方程及其积分为

$$EIw''=\frac{q'}{2}x^2-\frac{q'}{2}lx$$

$$EIw'=\frac{q'}{6}x^3-\frac{q'}{4}lx^2+C_1$$

$$EIw=\frac{1}{24}q'x^4-\frac{q'}{12}lx^3+C_1x+D_1$$

由边界条件确定积分常数：

当 $x=\dfrac{1}{2}$，$w'=0$ 时，得 $C_1=\dfrac{q'l^3}{24}$

当 $x=0$，$w=0$ 时，得 $D_1=0$

于是如图 6-6 所示简支梁的挠度方程为 $w=\frac{1}{EI}\left(\frac{q'x^4}{24}-\frac{q'}{12}lx^3+\frac{q'l^3}{24}x\right)$

当 $x=\frac{l}{2}$时，取得最大挠度 $w_{\max}=\frac{5q'l^4}{384EI}=0.00365\text{m}$

刚度条件为 $f_{\max}=\frac{w_{\max}}{l}=\frac{0.00365}{4}=0.00091<[f]$

因此，该梁符合刚度要求。

4. **解**　宜用叠加法计算杆端位移，沿截面 B 将刚架分成两部分，原结构在外荷载的作用效果等效于附图 6-3（a）、（b）的叠加：

附图 6-3（a）中，在力偶矩作用下，截面 B 的挠度和转角为

$$w_{BM}=\frac{Fa^3}{2EI}(\rightarrow),\ \theta_{BM}=\frac{Fa^2}{EI}(\curvearrowright)$$

在轴向力 F_N 作用下，杆 AB 的轴向变形为

$$\Delta l_{AB}=-\frac{Fa}{EA}(\text{压缩})$$

在附图 6-3（b）中，力 F 作用下 C 处的铅垂位移为

$$w_{CF}=\frac{Fa^3}{3EI}(\downarrow)$$

截面 C 的水平位移为

$$w_{Cx}=w_{BM}=\frac{Fa^3}{2EI}(\rightarrow)$$

截面 C 的铅垂位移为

$$w_{Cy}=\Delta l_{AB}+w_{CF}+a\theta_{BM}=\frac{Fa}{EA}+\frac{Fa^3}{3EI}+a\frac{Fa^2}{EI}=\frac{Fa}{EA}+\frac{4Fa^3}{3EI}(\downarrow)$$

5. $\delta_{AD}=\frac{5Fl^3}{3EI}$

解　宜用叠加法计算杆端位移，沿截面 B、C 将刚架分成三部分，原结构在外荷载的作用效果等效于附图 6-4（a）、（b）和（c）的叠加：

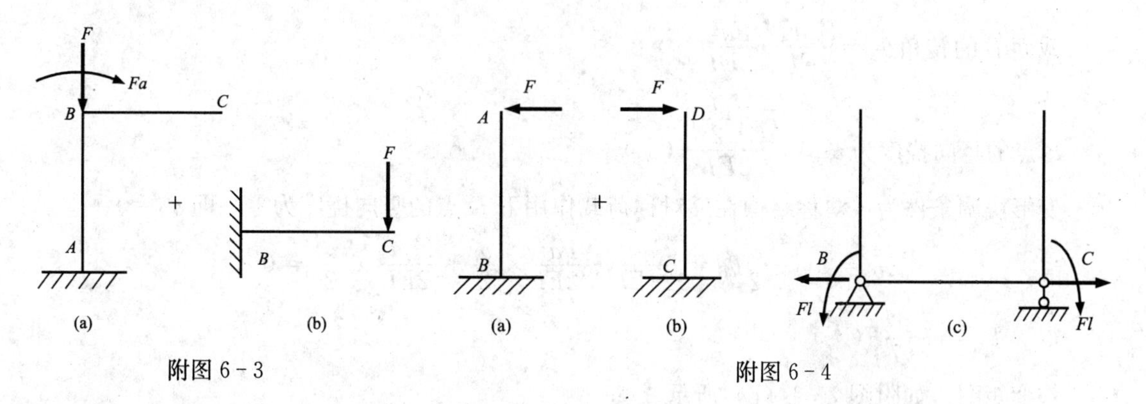

附图 6-3　　附图 6-4

如附图 6-4（a）、（b）所示，在力 F 作用下，截面 A、D 的挠度为

$$w_{AF}=\frac{Fl^3}{3EI}(\leftarrow),\ w_{DF}=\frac{Fl^3}{3EI}(\rightarrow)$$

如附图 6-4（c）所示，在力偶矩 M 作用下，截面 B、C 的转角为

$$\theta_{BM}=\frac{Ml}{6EI}+\frac{Ml}{3EI}=\frac{Fl^2}{2EI}(\curvearrowright),\ \theta_{CM}=\frac{Fl^2}{2EI}(\curvearrowright)$$

因此，截面 A、D 的相对位移为

$$\Delta_{AD}=w_{AF}+w_{DF}+l\theta_{BM}+l\theta_{CM}=\frac{5Fl^3}{3EI}$$

第　七　章

一、选择题

1. D　2. A

二、填空题

静定；静定；三次；一次

三、判断题

1. √　2. ×　3. √

四、作图题

解　该结构属于三次超静定结构，但结构左右对称，荷载反对称，对称面上对称内力为零，故仅存在剪力 F_Q，结构简化为一次超静定问题，取其一半为研究对象如附图 7-1（a）所示。

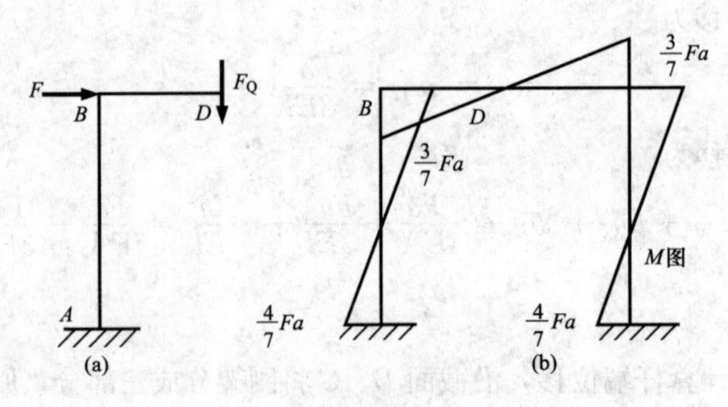

附图 7-1

截面 B 的转角 $\theta_B=\frac{F_Qa^2}{2EI}+\frac{Fa^2}{2EI}(\curvearrowright)$

B 点的竖向挠度为 $w_C=\frac{F_Q\left(\frac{a}{2}\right)^3}{3EI}(\downarrow)$

变形协调条件为：对称结构在反对称荷载作用下 D 点的竖向挠度为零，即 $\delta_D=0$

$$\delta_D=w_C+\frac{a}{2}\theta_B=\frac{F_Qa^3}{24EI}+\frac{Fa^2}{2EI}\times\frac{a}{2}+\frac{F_Qa^2}{2EI}\times\frac{a}{2}=0$$

得　$F_Q=-\frac{6}{7}F(\uparrow)$

作弯矩图，如附图 7-1（b）所示。

五、计算题

1. $M_A=\frac{Fl}{8}(\curvearrowright)$；$\omega_C=\frac{Fl^3}{192EI}(\downarrow)$

解　(1) 对称结构在对称荷载作用下，对称轴处反对称力和转角为零，取一半为研究对

象，忽略轴力，如附图 7-2（a）所示。

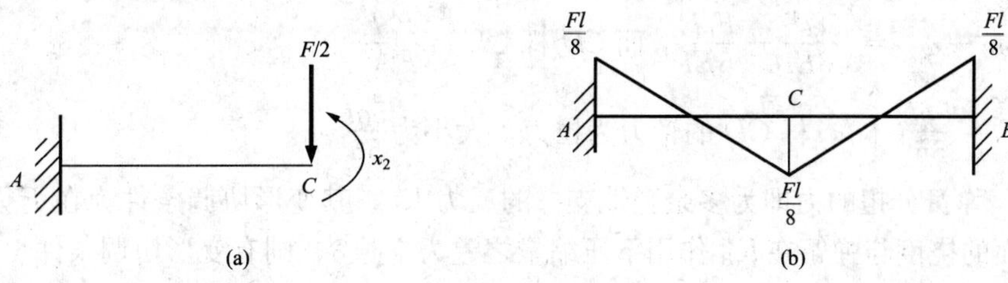

附图 7-2

变形协调条件为

$$\theta_C=\frac{F/2(l/2)^2}{2EI}-\frac{X_2\, l/2}{EI}=0$$

解得　$x_2=\frac{Fl}{8}$(↻)

$$M_A=-\frac{Fl}{8}(↻),\ M_B=\frac{Fl}{8}(↻)$$

作梁的弯矩图如附图 7-2（b）所示。

(2) C 截面的挠度为

$$w_C=\frac{F/2(l/2)^3}{3EI}-\frac{Fl/8(l/2)^2}{2EI}=\frac{Fl^3}{192EI}(\downarrow)$$

2. $F_{NBC}=\dfrac{5Fa^2A}{5a^2A+3(3+4\sqrt{2})I}$

3. $M_A=\dfrac{ql^2}{16}$；$R_A=\dfrac{7}{16}ql(\uparrow)$；$R_B=\dfrac{17}{16}ql(\uparrow)$

解　去掉 B 支座，代以多余约束力 R_B，得到静定系如附图 7-3 所示

变形协调条件　$w_B=w_{BR}+w_{Bq}=0$，即 $-\dfrac{R_Bl^3}{3EI}+\dfrac{ql^2}{24EI}\left[l^2+6\left(\dfrac{3l}{2}\right)^2-4\,\dfrac{3l}{2}l\right]=0$

解得　$R_B=\dfrac{17ql}{16}(\uparrow)$

A 支座约束力为 $R_A=\dfrac{7ql}{16}(\uparrow)$，$M_A=\dfrac{ql^2}{16}$

剪力图和弯矩图略。

4. **解**　求杆 CD 所受轴力和 AB 梁的内力图。

本题为一次超静定问题，相应多余约束为 C 处铰链，解除多余约束，加上多余未知力后，可得基本静定系如附图 7-4 所示。

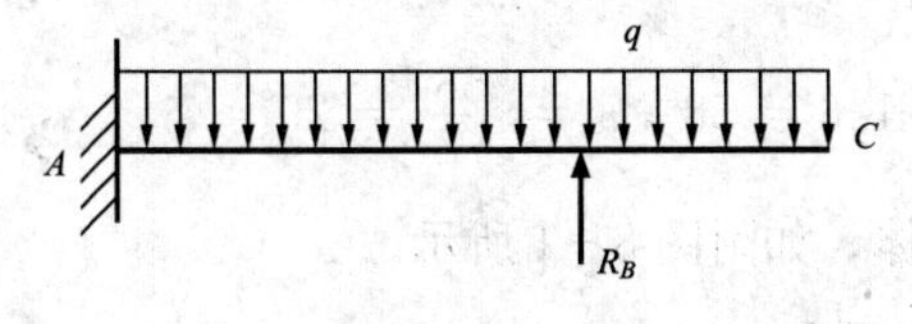

附图 7-3

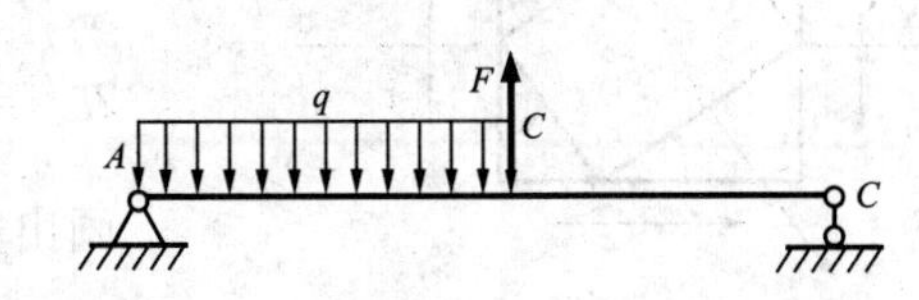

附图 7-4

C 处变形协调条件是拉杆和梁受力变形后仍连接于 C 点，$\omega_C=\Delta L$

$\omega_C=\omega_{Cq}+\omega_{Cf}=\dfrac{5ql^4}{48EI}-\dfrac{F_C l^3}{6EI}$，而 CD 杆 $\Delta L=\dfrac{F_C l}{EA}$

可得 $F_C=\dfrac{5ql}{56}(\uparrow)$，杆 CD 的轴力为拉力，大小为$\dfrac{5ql}{56}$。

5. **解**　弹簧分担的力即为多余弹性支撑的反力 R_B，其变形协调条件为在 F 及 R_B 作用下梁 B 截面的挠度与弹簧在 R_B 作用下压缩量之差为空隙 δ，则有变形协调条件

$$\frac{(F-R_B)l^3}{3EI}-\frac{R_B}{K}=\delta$$

则　$R_B=\dfrac{(Fl^3-3EI\delta)K}{3EI+Kl^3}=\dfrac{(450\times0.75^3-3\times30\times10^3\times1.25\times10^{-3})\times175\times10^3}{3\times20\times10^3+0.75^3\times175\times10^3}$

$=82.6\text{N}$

弹簧将分担 82.6N 的力。

第　八　章

一、选择题

1. D　2. D　3. A　4. B、D　5. A　6. B

二、填空题

1. $\sigma_{\max}=\sigma$，$\tau_{\max}=\dfrac{\sigma}{2}$　2. 单向，三向，二向　3. 单向，二向，二向

4. 危险点的应力状态，材料性质

5. $[\tau]=[\sigma]$，$[\tau]=0.5[\sigma]$

三、判断题

1. ×　2. ×　3. √　4. ×　5. √

四、引导题

解　(1) 取边缘上一点 k，画出单元体图，见附图 8－1

$\sigma=\dfrac{F}{A}=\dfrac{50\times10^3}{\dfrac{1}{4}\pi(40\times10^{-3})^2}=39.79\text{MPa}$，$\tau=\dfrac{M}{W_t}=\dfrac{400}{\dfrac{\pi(40\times10^{-3})^3}{16}}=31.83\text{MPa}$

(2) $\sigma'，\sigma''=\dfrac{\sigma_x+\sigma_y}{2}\pm\sqrt{\left(\dfrac{\sigma_x-\sigma_y}{2}\right)^2+\tau_{xy}^2}$

$\sigma'=\dfrac{\sigma}{2}+\sqrt{\left(\dfrac{\sigma}{2}\right)^2+\tau^2}=17.64\text{MPa}$，$\sigma''=\dfrac{\sigma}{2}-\sqrt{\left(\dfrac{\sigma}{2}\right)^2+\tau^2}=-57.4\text{MPa}$

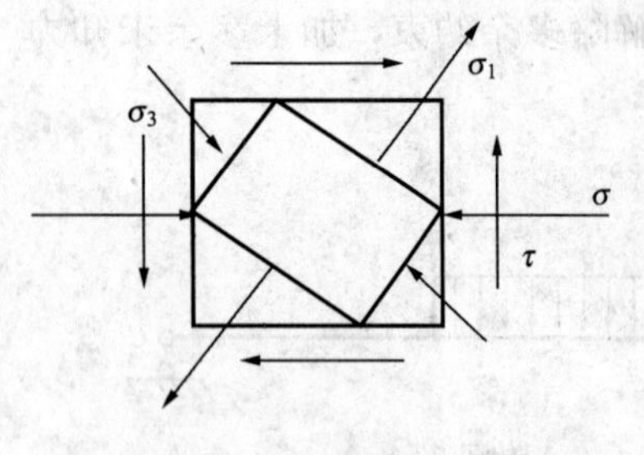

附图 8－1

$\sigma_1=17.64\text{MPa}$，$\sigma_2=0$，$\sigma_3=-57.4\text{MPa}$

$\tan2\alpha_0=-\dfrac{2\tau_x}{\sigma_x-\sigma_y}=-\dfrac{-2\times31.83}{-39.79}=1.6$，

$2\alpha_0=\arctan1.6=58°$，$\alpha_0=\dfrac{58°}{2}=29°$

画出主单元体，如附图 8－1 所示。

(3) $\tau_{\max}=\dfrac{\sigma_1-\sigma_3}{2}=37.5\text{MPa}$

五、计算题

1. **解**　(a) 已知：$\sigma_x=70\text{MPa}$，$\sigma_y=-70\text{MPa}$，$\tau_x=0$，$\tau_y=0$，指定斜截面 $\alpha=30°$

指定斜截面上的正应力和剪应力分别为

$$\sigma_\alpha=\frac{\sigma_x+\sigma_y}{2}+\frac{\sigma_x-\sigma_y}{2}\cos2\alpha-\tau_x\sin2\alpha=0+\frac{70+70}{4}-0=35\text{MPa}$$

$$\tau_\alpha=\frac{\sigma_x-\sigma_y}{2}\sin2\alpha+\tau_x\cos2\alpha=\frac{70+70}{2}\times\frac{\sqrt{3}}{2}+0=60.6\text{MPa}=35\sqrt{3}\text{MPa}$$

(b) 已知：$\tau_x=\sigma_x=-50\text{MPa}$，$\sigma_y=80\text{MPa}$，$\tau_y=50\text{MPa}$，$\alpha=30°$

$$\sigma_\alpha=\frac{\sigma_x+\sigma_y}{2}+\frac{\sigma_x-\sigma_y}{2}\cos2\alpha-\tau_x\sin2\alpha=-60.8\text{MPa}$$

$$\tau_\alpha=\frac{\sigma_x-\sigma_y}{2}\sin2\alpha+\tau_x\cos2\alpha=31.3\text{MPa}$$

2. **解**　(a) 已知：$\sigma_x=0$，$\tau_x=20\text{MPa}$，$\sigma_y=-80\text{MPa}$，$\tau_y=-20\text{MPa}$

(1) 主应力

$$\sigma_{\max}=\frac{1}{2}(\sigma_x+\sigma_y)+\frac{1}{2}\sqrt{[(\sigma_x+\sigma_y)]^2+4\tau_x^2}=\frac{1}{2}\times(-80)+44.7=4.7\text{MPa}$$

$$\sigma_{\min}=\frac{1}{2}(\sigma_x+\sigma_y)-\frac{1}{2}\sqrt{[(\sigma_x-\sigma_y)]^2+4\tau_x^2}=\frac{1}{2}(-80)-44.7=-84.7\text{MPa}$$

主平面法线方向：

$$\alpha_0=\frac{1}{2}\arctan\left(\frac{-2\tau_x}{\sigma_x-\sigma_y}\right)=-13.3°$$

与 $\sigma_z=0$ 进行比较，可知 $\sigma_1=4.7\text{MPa}$，$\sigma_2=0$，$\sigma_3=-84.7\text{MPa}$

(2) 主平面的位置及主应力方向如附图 8-2 所示：

(3) $\tau_{\max}=\frac{1}{2}(\sigma_1-\sigma_3)=44.7\text{MPa}$

(b) 已知：$\sigma_x=0$，$\tau_x=25\text{MPa}$，$\sigma_y=0$，$\tau_y=-25\text{MPa}$

(1) 主应力　$\sigma_1=25\text{MPa}$，$\sigma_2=0$，$\sigma_3=-25\text{MPa}$

(2) 主平面法线方向　$\alpha_0=\frac{1}{2}\arctan\left(\frac{-2\tau_x}{\sigma_x-\sigma_y}\right)=-45°$

主平面的位置及主应力方向如附图 8-3 所示：

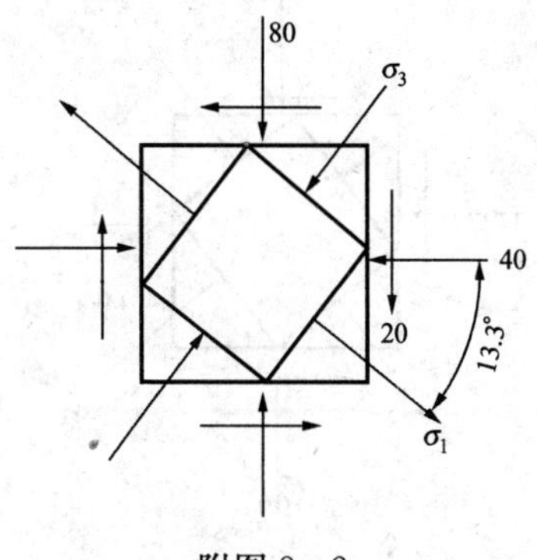

附图 8-2

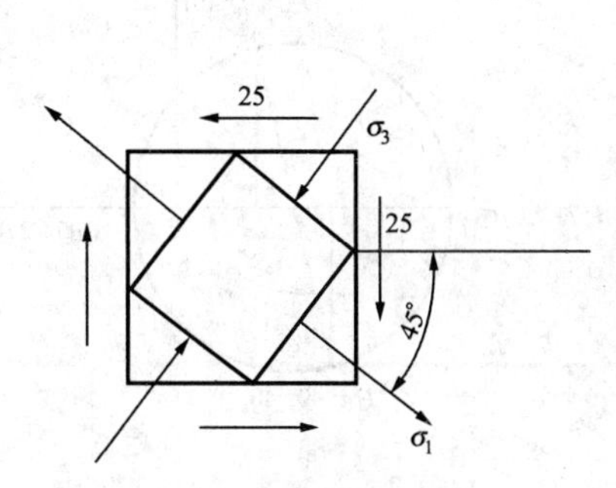

附图 8-3

(3) $\tau_{max} = \frac{1}{2}(\sigma_1 - \sigma_3) = 25MPa$

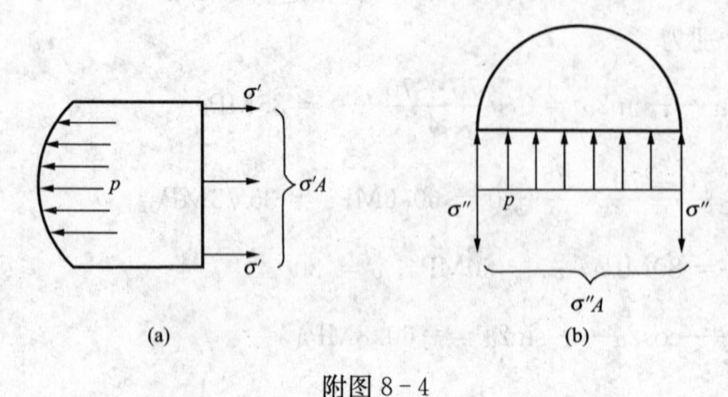

附图 8-4

3. **解** (1) 以圆筒横截面一侧为研究对象，如附图 8-4 (a) 所示，由对称性可知，圆筒底部所受的蒸汽压力的合力与筒壁环形横截面上正应力的合力平衡，由于 $t \ll D$，环形横截面面积 $A \approx \pi Dt$

$$\sigma' = \frac{F}{A} = \frac{P\frac{\pi d^2}{4}}{\pi d\delta} = \frac{Pd}{4\delta} = \frac{3\times 1}{4\times 0.01} = 75MPa$$

沿横截面截取单位长度为 1 的圆筒，并截取直径的上半部分为研究对象，如附图 8-4 (b) 所示，有平衡方程

$$p(1\times D) = \sigma''(2\delta),\ \sigma'' = \frac{PD}{2\delta} = 150MPa$$

圆筒内表面受蒸汽压力 p 作用，因此内壁任一点处有沿半径方向的压应力 σ'''

径向正应力 $\sigma''' = -P \approx 0$

主应力 $\sigma_1 = 150MPa$，$\sigma_2 = 75MPa$，$\sigma_3 = 0$，即各点处于平面应力状态

最大切应力 $\tau_{max} = \frac{1}{2}(\sigma_1 - \sigma_3) = 75MPa$

(2) 指定斜截面上的正应力及切应力

$$\sigma_\alpha = \sigma(-30°) = \frac{1}{2}(\sigma_x + \sigma_y) + \left(\frac{\sigma_x - \sigma_y}{2}\right)\cos 2\alpha - 2\sin 2\alpha = 131.25MPa$$

$$\tau_\alpha = \frac{150-75}{2}\sin(-60°) = \frac{(\sigma_x - \sigma_y)}{2}\sin 2\alpha + \tau_x \cos 2\alpha = -32.5MPa$$

4. **解** (a) 已知：$\sigma_x = -40MPa$，$\tau_x = -40MPa$，$\sigma_y = -20MPa$，$\tau_y = 40MPa$

画应力圆如附图 8-5 (a) 所示：

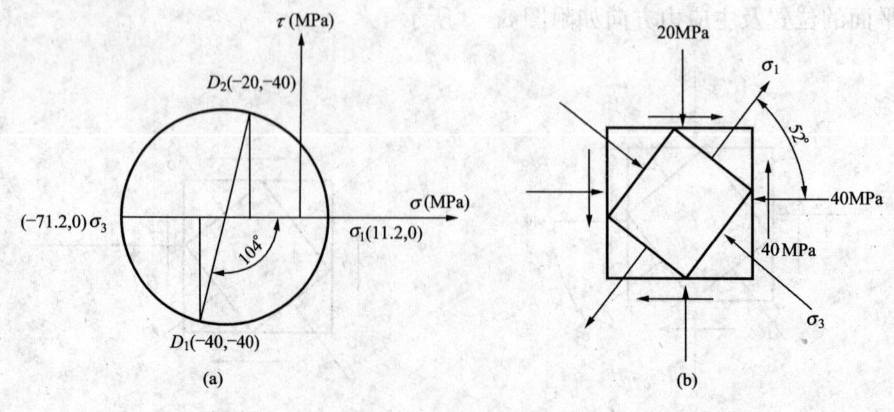

附图 8-5

由应力圆可得 $\sigma_1=11.2\text{MPa}$，$\sigma_3=-71.2\text{MPa}$，$\alpha_0=52°$

$\tau_{\max}=\dfrac{\sigma_1-\sigma_3}{2}=41.2\text{MPa}$，主应力位置及主应力方向如附图 8－5（b）所示：

（b）已知：$\sigma_x=50\text{MPa}$，$\tau_x=-20\text{MPa}$，$\sigma_y=0$，$\tau_y=20\text{MPa}$

画应力圆如附图 8－6（a）所示：

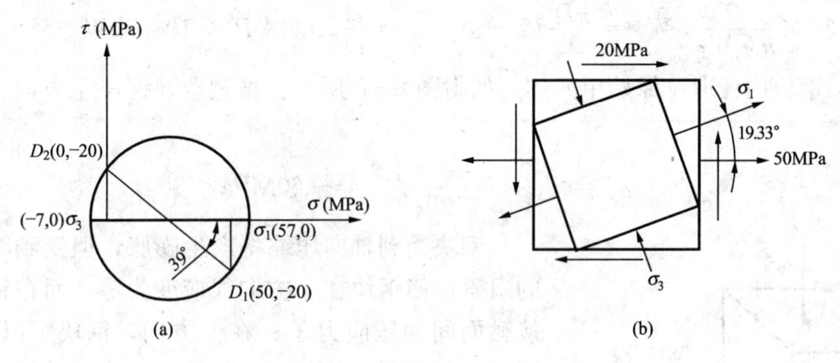

附图 8－6

由应力圆可得 $\sigma_1=57\text{MPa}$，$\sigma_3=-7\text{MPa}$，$\alpha_0=19.33°$，$\tau_{\max}=\dfrac{\sigma_1-\sigma_3}{2}=32\text{MPa}$，主应力位置及主应力方向如附图 8－6（b）所示。

5. **解**　（a）由单元体可得一主应力为 $\sigma'=50\text{MPa}$

将单元体向主应力平面投影，则另外两个主应力分别为

$$\left.\begin{matrix}\sigma''\\ \sigma'''\end{matrix}\right\}=\frac{\sigma_x+\sigma_y}{2}\pm\sqrt{\left(\frac{\sigma_x-\sigma_y}{2}\right)^2+\tau_x^2}=\pm 50\text{MPa}$$

将三个主应力按代数值大小排列

$$\sigma_1=50\text{MPa},\ \sigma_2=50\text{MPa},\ \sigma_3=-50\text{MPa}$$

最大切应力 $\tau_{\max}=\dfrac{\sigma'-\sigma'''}{2}=50\text{MPa}$

（b）由单元体可得一主应力为 $\sigma'=50\text{MPa}$

将单元体向主应力平面投影，则另外两个主应力分别为

$$\left.\begin{matrix}\sigma''\\ \sigma'''\end{matrix}\right\}=\frac{\sigma_x+\sigma_y}{2}\pm\sqrt{\left(\frac{\sigma_x-\sigma_y}{2}\right)^2+\tau_x^2}=\begin{cases}52.2\\-42.2\end{cases}\text{MPa}$$

将三个主应力按代数值大小排列

$\sigma_1=52.2\text{MPa}$，$\sigma_2=50\text{MPa}$，$\sigma_3=-42.2\text{MPa}$

最大切应力 $\tau_{\max}=\dfrac{\sigma'-\sigma'''}{2}=47.2\text{MPa}$

6. **解**　应力圆的半径 R 为 $15\sqrt{2}$，如附图 8－7 所示

$\sigma_{30°}=35.49\text{MPa}$，$\sigma_{120°}=-5.49\text{MPa}$，$\Delta l=\varepsilon_{30°}\times 50=50\times\dfrac{1}{E}(\sigma_{30°}-v\sigma_{120°})=9.3\times 10^{-3}$

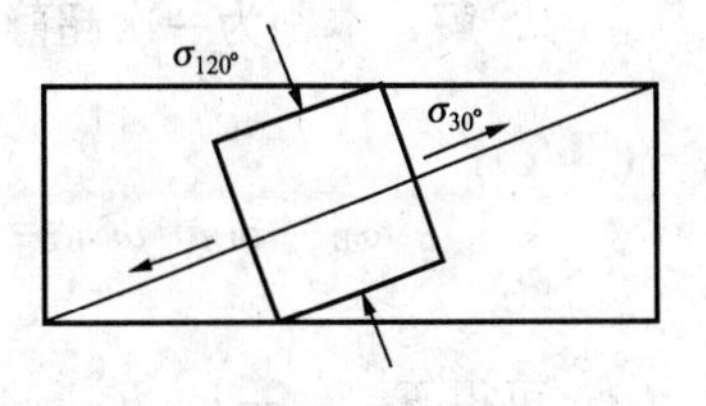

附图 8－7

7. **解**　空心圆轴受纯扭转，取 A 点的单元体

单元体上的应力分量为 $\sigma_x=0$，$\sigma_y=0$，$\tau_{xy}=\tau$

主应力 $\sigma_{45^\circ}=\tau$，$\sigma_{-45^\circ}=-\tau$

主应力 σ_1 与 x 轴的夹角为 45°，应用广义胡克定律

$$\varepsilon_{45^\circ}=\frac{\sigma_{45^\circ}-v\sigma_{-45^\circ}}{E}=\frac{\tau(1+v)}{E}=\frac{\tau}{2G}$$

$\tau=9550\times\dfrac{P}{n\cdot W_P}$，$W_P=\dfrac{\pi D^3}{32}(1-\alpha^4)$，$\alpha=\dfrac{d}{D}$，解得 $P=108.7\text{kW}$

8. **解** 钢块内任取一原始单元体，如附图 8-8 所示。据题意，钢块 y 方向已知有均匀压力为

$$\sigma_y=-\frac{F}{A}=-\frac{6\times10^3}{0.01}=-60\text{MPa}$$

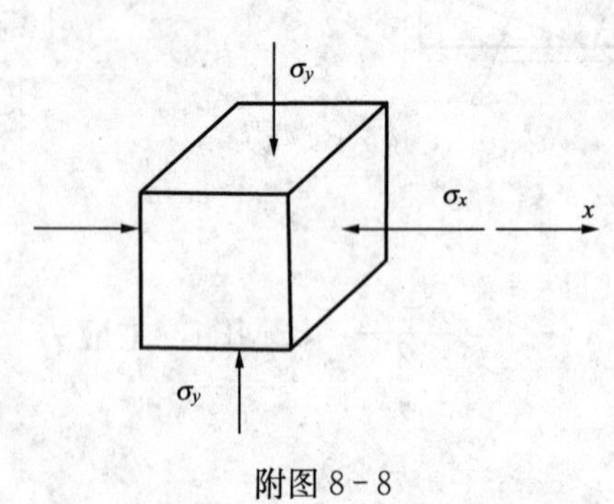

附图 8-8

钢块受到轴向压缩将产生膨胀，但受到刚性凹槽壁的阻碍，使钢块在 x 方向线应变为零，而在钢块与槽壁接触面间的压应力 σ_x；在 z 方向，钢块可以自由膨胀，因而 $\sigma_z=0$，如附图 8-8 所示。

代入胡克定律公式得

$$\varepsilon_x=\frac{1}{E}[\sigma_x-v(\sigma_y+\sigma_z)]=0,\ \sigma_z=0,\ \sigma_y=-60$$

解得 $\sigma_x=-19.8\text{MPa}$

将主应力的代数值顺序排列，得钢块三个主应力为

$$\sigma'=0,\ \sigma''=-19.8\text{MPa},\ \sigma'''=-60\text{MPa}$$

可见钢块处于平面应力状态。由平面应力状态下的广义胡克定律得

$$\varepsilon_1=\frac{-v}{E}(\sigma_2+\sigma_3)=-\frac{0.33}{70\times10^3}(-19.8-60)=0.375\times10^{-3}$$

$$\varepsilon_2=\frac{1}{E}(\sigma_2-v\sigma_3)=\frac{1}{70\times10^3}[-19.8-0.33\times(-6)]=0$$

$$\varepsilon_3=\frac{1}{E}(\sigma_3-v\sigma_2)=\frac{1}{70\times10^3}[-60-0.33\times(-19.8)]=-0.764\times10^{-3}$$

三个主应力方向变形分别为

$$\Delta l_1=\varepsilon_1 l=3.75\times10^{-3}\text{mm}$$

$$\Delta l_2=\varepsilon_2 l=0$$

$$\Delta l_3=\varepsilon_3 l=-7.64\times10^{-3}\text{mm}$$

9. **解** 本题为一次超静定问题，建立变形协调条件

$$\omega_B=\omega_F+\omega_{FB}=0,\ \frac{F\left(\frac{l}{2}\right)^2}{6EI}\left(3l-\frac{l}{2}\right)-\frac{F_Bl^3}{3EI}=0,\ \frac{5Fl^3}{48EI}-\frac{F_Bl^3}{3EI}=0$$

可得 $F_B=\dfrac{5}{16}F$，$F_A=\dfrac{11}{16}F$

画出剪力图如附图 8-9（a）所示：

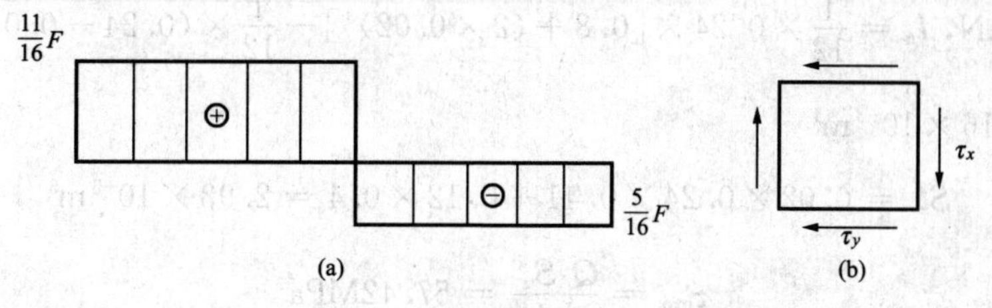

附图 8-9

从 k 点取出单元体如附图 8-9（b）所示，为纯剪切单元体。

$$\tau_x=\frac{Q_k S_z^*}{I_z b}=\frac{3}{2}\times\frac{Q_k}{A}=\frac{33F}{32bh}$$

$$\sigma_{45^\circ}=0+0-\tau_x=-\tau_x=-\frac{33F}{32bh}$$

$$\sigma_\alpha+\sigma_\beta=\sigma_{45^\circ}+\sigma_{-45^\circ}=\sigma_x+\sigma_y=0$$

因此 $\sigma_{-45^\circ}=-\sigma_{45^\circ}=\frac{33F}{32bh}$

$$\varepsilon_{45^\circ}=\frac{1}{E}\left[\sigma_{45^\circ}-\mu\sigma_{(90^\circ+45^\circ)}\right]=\frac{1}{E}\left(-\frac{33F}{32bh}-\mu\frac{33F}{32bh}\right)=-8.4\times10^5$$

因此，$F=60.15\text{kN}$。

10. **解**　$\sigma_1=\frac{pD}{2\delta},\sigma_2=\frac{pD}{4\delta},\sigma_3=0$

对于二向拉伸应力状态的铸铁构件，应以第一强度理论进行计算，即

$$\sigma_{r1}=\sigma_1\leqslant[\sigma]\Rightarrow p\leqslant 4\text{MPa}$$

11. **解**　支反力 $F_A=F_B=500\text{kN}$，画出剪力图和弯矩图（附图 8-10）。

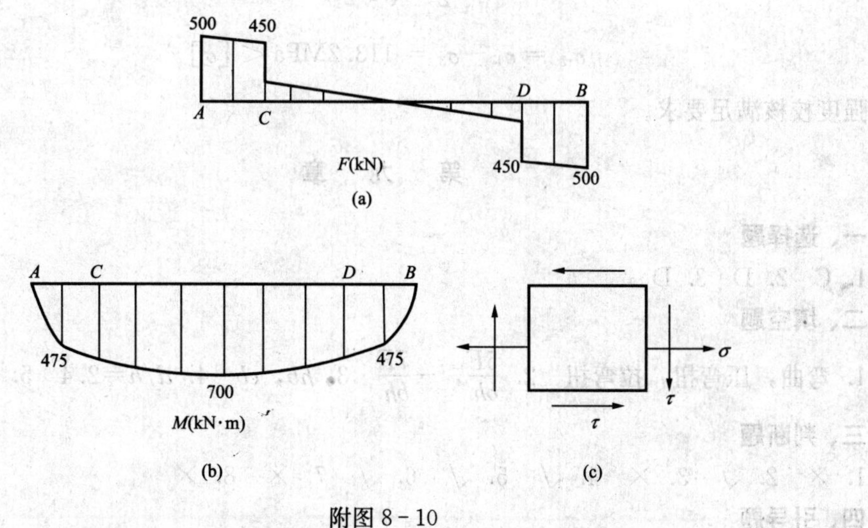

附图 8-10

支座 A 截面剪力最大，跨中截面弯矩最大，C、D 截面弯矩剪力较大，因此这几个截面都要校核。

A 截面左侧

$$Q_{A右}=500\text{kN},\ I_z=\frac{1}{12}\times 0.24\times[0.8+(2\times 0.02)^3]-\frac{1}{12}\times(0.24-0.012)\times 0.8^3$$

$$=2.216\times 10^{-3}\text{m}^4$$

$$S_z^*=0.02\times 0.24\times 0.41+0.12\times 0.4=2.93\times 10^{-3}\text{m}^3$$

$$\tau_{\max}=\frac{Q_A S_z^*}{I_z b}=57.42\text{MPa}$$

最大剪力发生在中性轴处，为纯剪切应力状态。

$$\sigma_{r3}=2\times 57.42=114.84\text{MPa}<[\sigma]$$

最大正应力发生在跨中截面上、下边缘，为单向应力状态。

$$\sigma_{\max}=\frac{M_C y_{\max}}{I_z}=138.3\text{MPa}$$

$$\sigma_{r3}=\sigma_1-\sigma_3=\sigma_1=138.3\text{MPa}<[\sigma]$$

在 C 截面处，腹板与翼缘板交界点 a 处剪力和弯矩均较大，取该处单元体如附图 8－10（c）所示。

$$\sigma=\frac{M_C y_a}{I_z}=89.4\text{MPa},\ S_{az}^*=1.968\times 10^{-3}\text{m}^3,\ \tau_a=\frac{QS_{az}^*}{I_z b}=36.6\text{MPa}$$

$$\sigma_1=\frac{\sigma}{2}+\sqrt{\left(\frac{\sigma}{2}\right)^2+\tau^2}$$

$$\sigma_2=0$$

$$\sigma_3=\frac{\sigma}{2}-\sqrt{\left(\frac{\sigma}{2}\right)^2+\tau^2}$$

$$\sigma_{r3}=\sigma_1-\sigma_3=113.2\text{MPa}<[\sigma]$$

强度校核满足要求。

第　九　章

一、选择题

1. C　2. D　3. D

二、填空题

1. 弯曲，压弯扭，拉弯扭　2. $\frac{5F}{bh}$，$-\frac{7F}{bh}$　3. hb，cb　4. $d/h=2.4$　5. $\frac{2F}{\pi d^2}$

三、判断题

1. ×　2. √　3. ×　4. √　5. √　6. √　7. ×　8. ×

四、引导题

1. $T=1.5\text{kN}\cdot\text{m}$；$M_B=2.48\text{kN}\cdot\text{m}$；$M_C=2.58\text{kN}\cdot\text{m}$；$C$；

$$\sigma_{r3}=\sqrt{\left(\frac{M_C}{W_z}\right)^2+4\left(\frac{T}{W_p}\right)^2}=\frac{\sqrt{M_C^2+T^2}}{W_z}\leqslant[\sigma]；\ d\geqslant 0.07244\text{m}；\ d=72.44\text{mm}$$

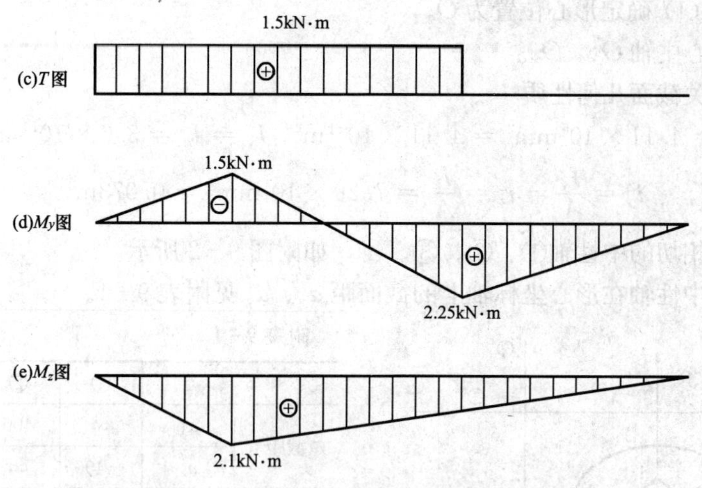

2. $F=107.3\text{kN}$；$F_Q=F/2$；$\tau=\dfrac{F_Q}{A}=47\text{MPa}<[\tau]=70\text{MPa}$；符合；$A_1=3840\text{mm}^2$；$A_2=2400\text{mm}^2$；中，$\sigma_{bs}=44.7\text{MPa}<100\text{MPa}$；符合

五、计算题

1. **解**　(1) 外力分析：将自由端截面上的集中力 F 沿两主轴分解为 F_z、F_y，梁在分部荷载 q 和 F_y 作用下在 xoy 平面内发生平面弯曲，在 F_z 作用下在 xoz 平面内发生平面弯曲，故此梁变形分为两个平面弯曲组合——斜弯曲。

(2) 内力分析：

$$F_y=F\cos30^\circ=2\sqrt{3}\text{kN}$$
$$F_z=F\sin30^\circ=2\text{kN}$$

分别绘出两个主轴平面内的弯矩图，如附图 9-1 所示：

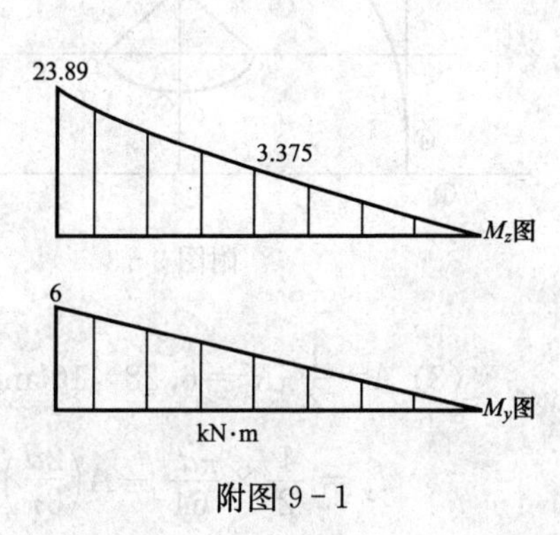

附图 9-1

两个平面内的最大弯矩都发生在固定端截面上，其值分别为

$M_z=23.89\text{kN}\cdot\text{m}$，$AB$ 边受拉

$M_y=6\text{kN}\cdot\text{m}$，$AD$ 边受拉

由型钢表查得 25b 工字钢 W_z、W_y 分别为

$W_z=422.72\text{cm}^3$，$W_y=52.423\text{cm}^3$

(3) 应力分析：据 $W_z\neq W_y$ 的特点，按叠加原理得固定端截面最大应力为

$$\sigma_{\max}=\frac{M_y}{W_y}+\frac{M_z}{W_z}=170.8\text{MPa}>[\sigma]$$

$\dfrac{\sigma_{\max}-[\sigma]}{[\sigma]}\times100\%=0.57\%$，符合强度标准。

2. **解**　$\sigma_{r3}=\dfrac{\sqrt{M_y^2+T^2}}{W}=\dfrac{\sqrt{(0.2F)^2+(0.18F)^2}}{\dfrac{\pi}{32}d^3}\leqslant[\sigma]$

解得　$F\leqslant788\text{N}$

绞车的最大起吊重量为 788N。

3. **解** (a)(1) 确定形心位置为 O。

(2) 确定形心主轴 Oy，Oz。

(3) 计算有关截面几何性质

$$A = 4.11 \times 10^5 \mathrm{mm}^2 = 4.11 \times 10^{-1} \mathrm{m}^2,\ I_y = I_z = 3.0 \times 10^{10} \mathrm{mm}^2$$

$$i_y^2 = \frac{I_y}{A} = i_z^2 = \frac{I_z}{A} = 7.29 \times 10^4 \mathrm{mm}^2 = 0.073 \mathrm{m}^2$$

(4) 作周边相切的中性轴①、②、③、④，如附图 9-2 所示。

(5) 确定各中性轴在形心坐标轴上的截面距 a_y、a_z 见附表 9-1。

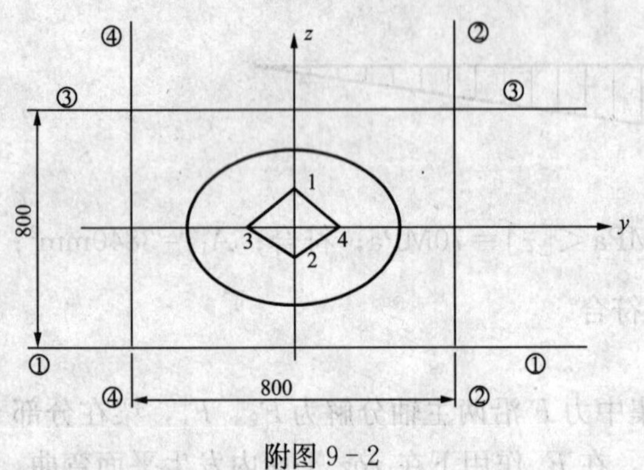

附图 9-2

附表 9-1

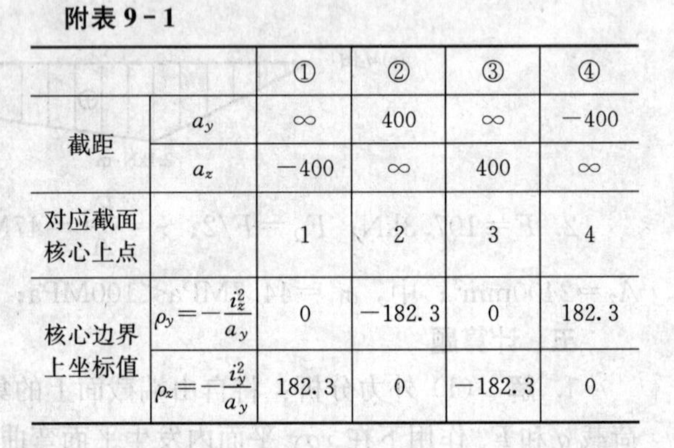

		①	②	③	④
截距	a_y	∞	400	∞	−400
	a_z	−400	∞	400	∞
对应截面核心上点		1	2	3	4
核心边界上坐标值	$\rho_y = -\frac{i_z^2}{a_y}$	0	−182.3	0	182.3
	$\rho_z = -\frac{i_y^2}{a_y}$	182.3	0	−182.3	0

(6) 根据 $\rho_y = -\frac{i_z^2}{a_y}$，$\rho_z = -\frac{i_y^2}{a_y}$，计算出与这些中性轴对应核心边界上 1、2、3、4 点的坐标值，见附表 9-1，依次将 1、2、3、4 点直线连接，即所求核心边界。

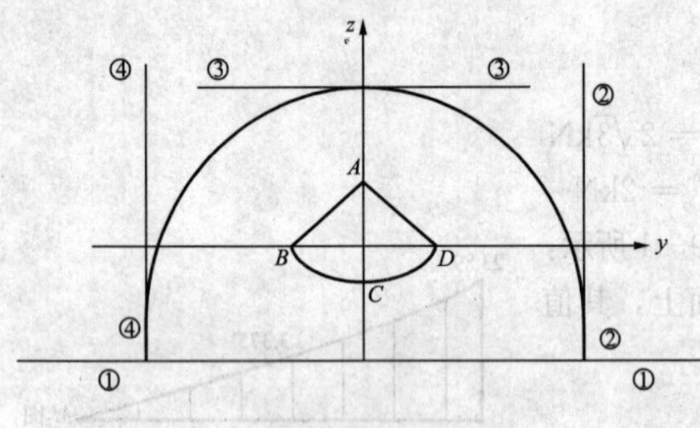

附图 9-3

(b)(1) 确定形心位置，$OC = \frac{2d}{3\pi} = 84.8\mathrm{mm}$

(2) 形心主惯性轴 Cz，Cy 如附图 9-3 所示。

(3) $A = \frac{1}{2}\pi R^2 = 6.28 \times 10^4 \mathrm{mm}^2$，$I_z = \frac{1}{2} \times \frac{\pi d^4}{64} = 6.28 \times 10^8 \mathrm{mm}^2$

$$I_y = \frac{1}{2} \times \frac{\pi d^4}{64} - A\left(\frac{2d}{3\pi}\right)^2 = 1.76 \times 10^8 \mathrm{mm}^2,\ i_y^2 = \frac{I_y}{A} = 2.795 \times 10^3 \mathrm{mm}^2$$

$$i_z^2 = \frac{I_z}{A} = 1 \times 10^4 \mathrm{mm}^2$$

(4) 确定各中性轴在形心坐标轴上的截面距 a_y、a_z。

① 轴 $a_y = \infty,\ a_z = -\frac{2d}{3\pi},\ \rho_y = 0,\ \rho_z = 32.85 = -\frac{i_y^2}{a_z}$

② 轴 $a_y = 200,\ a_z = \infty,\ \rho_y = -50,\ \rho_z = 0$

③ 轴 $a_y = \infty,\ a_z = 200,\ \rho_y = 0,\ \rho_z = -24.2$

④ 轴 $a_y = -200,\ a_z = \infty,\ \rho_y = 50,\ \rho_z = 0$

边界点坐标 $A(0,\ 32.9)$，$B(-50,\ 0)$，$C(0,\ -24.2)$，$D(50,\ 0)$

(5) 连接核心边界，如附图 9-3 所示。

4. (1) $d=38.5\text{mm}$； (2) $\sigma_{r3}=157\text{MPa}$

解 (1) 经分析 A 截面为危险截面，该截面上内力有扭矩 $T=0.4\text{kN}\cdot\text{m}$，弯矩 $M=0.8\text{kN}\cdot\text{m}$，剪力 $Q=1.5\text{kN}$

应力分析：显然危险截面上、下边缘处最危险，现在用上边缘进行应力分析

其中：$\sigma_x=\dfrac{M}{W_z}$，$\tau_x=\dfrac{T}{W_p}$，对于受扭弯联合作用的圆轴

$$\sigma_{r3}=\frac{\sqrt{M^2+T^2}}{W_z}=\sqrt{\sigma^2+4\tau^2}\leqslant[\sigma],\ \frac{\pi d^3}{32}\geqslant\frac{\sqrt{M^2+T^2}}{[\sigma]}$$，解得 $d\geqslant 38.47\text{mm}$

折杆所需要的最小直径为 38.5mm。

(2) 加力 F_3 后，AB 杆变形为拉、弯矩组合变形，危险截面仍为 A 截面

A 截面应力

$$\sigma=\frac{F_3}{A}+\frac{M}{W_z}=143.24\text{MPa}$$

$$\tau=\frac{T}{W_p}=31.83\text{MPa}$$

$$\sigma_{r3}=\sqrt{\sigma^2+4\tau^2}=156.8\text{MPa}<[\sigma]$$

该折杆强度满足要求。

5. **解** $D\leqslant 50.1\text{mm}$

6. **解** (1) 将外力 F 向转动中心 O 点简化，得力和力偶矩为

$$M=Fe=35\times 0.225=7.875\text{kN}\cdot\text{m}$$

(2) 在通过铆钉组截面形心的力 F 作用下，每个铆钉上受力相等，即

$$F'_1=F'_2=F'_3=F'_4=\frac{F}{4}=\frac{35}{4}=8.75\text{kN}$$

(3) 在力偶矩作用下，铆钉所承受力 F''_i 与其到中心的距离 r_i 成正比，即

$$\frac{F''_2}{F''_1}=\frac{r_2}{r_1}=\frac{\dfrac{75}{2}}{\dfrac{75}{2}+75}=\frac{1}{3}$$

根据平衡条件 $\sum F''_i r_i=M$，有

$$2F''_1r_1+2F''_2r_2=M=7.875\text{kN}\cdot\text{m},\ r_1=\frac{3}{2}\times 75\text{mm},\ r_2=\frac{75}{2}\text{mm}$$

$$2F''_1r_1+\frac{2}{3}F''_1r_2=M\Rightarrow 2\times\frac{3}{2}\times 75F''_1+\frac{2}{3}\times\frac{75}{2}F''_1=7.875\text{kN}\cdot\text{m}$$

由此解出

$$F''_1=\frac{7.875\times 10^3}{3\times 75+25}=31.5\text{kN}$$

$$F''_2=10.5\text{kN}$$

(4) 求出 F''_1 和 F''_2 后，便可绘出每个铆钉的受力图，将 F'_1 和 F''_2 用矢量合成得出每一铆钉的总剪力大小和方向，即

$$F_1=\sqrt{(F'_1)^2+(F''_1)^2}=\sqrt{8.75^2+31.5^2}=32.7\text{kN}$$

$$F_2=\sqrt{(F_2')^2+(F_2'')^2}=\sqrt{8.75^2+10.5^2}=13.7\text{kN}$$

(5) 最危险的铆钉为 1 和 4：

1 号钉：

$$\tau=\frac{F_1}{A_{s1}}=\frac{32.7\times10^3}{\frac{\pi}{4}\times(0.02)^2}=104\text{MPa}$$

$$\tan\alpha=\frac{8.75}{31.5}=0.278\Rightarrow\alpha=15.5^\circ$$，方向为右下方偏 15.5°

4 号钉：

$$\tau=\frac{F_1}{A_{s1}}=\frac{32.7\times10^3}{\frac{\pi}{4}\times(0.02)^2}=104\text{MPa}$$

$$\tan\alpha=\frac{8.75}{31.5}=0.278\Rightarrow\alpha=15.5^\circ$$，方向为左下方偏 15.5°。

第 十 章

一、选择题

1. B、D、F 2. D、B 3. B 4. B

二、填空题

1. 形心主惯性矩相等，I/A 最大，空心圆形截面 2. 1∶1∶5，1∶2∶20 3. $2\sqrt{2}$ 4. 不安全，大；不安全，大

三、判断题

1. √ 2. √ 3. × 4. × 5. √ 6. ×

四、引导题

解 (1) $i=d/4=40\text{mm}$；$\mu=2$；$\lambda_1=\mu l/i=150$；$\mu=0.7$；$\lambda_2=\frac{0.7\times4}{0.04}=70$；$\mu=0.5$；$\lambda_3=\frac{0.5\times4.5}{0.04}=56.3$

(2) $\lambda_p=\pi\sqrt{\frac{E}{\sigma_p}}=100$；$\lambda_s=\frac{a-\sigma_s}{b}=\frac{304-235}{1.12}=62$

(3) a，大柔度杆，欧拉公式；$\sigma_{cr1}=\frac{\pi^2E}{\lambda^2}=90.4\text{MPa}$；$F_{cr1}=\sigma_{cr1}\cdot A=1817.6\text{kN}$；$b$，中柔度杆，经验公式：$\sigma_{cr2}=a-b\lambda=225.6\text{MPa}$；$F_{cr2}=\sigma_{cr2}\cdot A=4536\text{kN}$；$c$，小柔度杆；$\sigma_{cr3}=\sigma_s=235\text{MPa}$；$F_{cr3}=\sigma_{cr3}\cdot A=4725\text{kN}$

五、计算题

1. **解** 判断失稳形式

$$\lambda_y=\frac{\mu_1 l}{i_y}=\frac{0.5\times2}{\sqrt{\frac{b^2}{12}}}=\frac{\sqrt{12}}{b}=86.6$$

$$\lambda_z=\frac{\mu_2 l}{i_z}=\frac{1\times2}{\sqrt{\frac{h^2}{12}}}=\frac{2\sqrt{12}}{h}=115.5$$

所以连杆在 $x-y$ 平面内失稳，其临界力应由 λ_z 决定

$$\lambda_z=\sqrt{\frac{\pi^2 E}{\sigma_p}}=\sqrt{\frac{\pi^2\times200\times10^9}{200\times10^6}}=99.3$$

$\lambda_z>\lambda_p$，可见连杆为大柔度杆，$P_{cr}=N_{cr}=\frac{\pi^2 E}{\lambda_z^2}A=355\text{kN}$

要使压杆在两个平面内失稳的可能性相同，应使 $\lambda_z=\lambda_y$，$\frac{\sqrt{12}}{b}=\frac{2\sqrt{12}}{h}$，所以 $\frac{b}{h}=\frac{1}{2}$

2. $\Delta_t=66.1℃$

3. **解**　(1) $\lambda=\frac{\mu l}{i}=\frac{0.7\times5}{\frac{d}{4}}=140>\lambda_p=\sqrt{\frac{\pi^2 E}{\sigma_p}}=99$

AB 杆属于大柔度杆，其临界荷载为 $P_{cr}=N_{cr}=\frac{\pi^2 E}{\lambda^2}A=791\text{kN}$

则许用荷载为 $[P]=\frac{P_{cr}}{n_{st}}=\frac{791}{2.5}=316.4$

(2) AC 段　$\lambda_{AC}=\frac{\mu l}{i}=\frac{0.7\times3}{\frac{d}{4}}=84$，$\lambda_s=\frac{a-\sigma_s}{b}=\frac{304-235}{1.12}=61.6$

可见 AC 杆属于中柔度杆，其临界荷载为

$$P_{cr}=N_{cr}=A(a-b\lambda)=\frac{\pi d^2}{4}\times(304-1.12\times84)\times10^6=1648\text{kN}$$

CB 段　$\lambda_{CB}=\frac{\mu l}{i}=\frac{2}{\frac{d}{4}}=80$，$\lambda_s=\frac{a-\sigma_s}{b}=\frac{304-235}{1.12}=61.6$

可见 CB 杆属于中柔度杆，其临界荷载为

$$P_{cr}=N_{cr}=A(a-b\lambda)=\frac{\pi d^2}{4}\times(304-1.12\times80)\times10^6=1684\text{kN}$$

图 10-7 (b) 所示结构的临界荷载为 $P_{cr}=1648\text{kN}$

所以许用荷载为 $[P]=\frac{P_{cr}}{n_{st}}=\frac{1648}{2.5}=659\text{kN}$

$$\frac{[P]_2}{[P]_1}=2.08$$

增加中间球铰链支撑后，结构承载力是原来的 2.08 倍。

4. **解**　由截面法求得 CD 杆的轴力为

$$N_{CD}=1.8F=17.49\text{kN}(受压)$$

CD 杆的长细比为

$$\lambda_{CD}=93.7，所以\ \varphi=\frac{2800}{\lambda^2}=0.32$$

校核压杆的稳定性，即

$$\sigma=\frac{P}{A}=\frac{17.49\times10^3}{0.1^2}=1.749\text{MPa}<\varphi[\sigma]=0.32\times10=3.2\text{MPa}$$

结论：压杆稳定

5. **解** 选择截面采用试算法。

(1) 初选 $\varphi_1=0.5$，由稳定条件算出压杆的横截面面积

$$A_1=\frac{P}{\varphi_1[\sigma]}=\frac{300\times10^3}{0.5\times160\times10^6}=3.75\times10^{-3}\text{m}^2=37.5\text{cm}^2$$

由 $A_1=37.5\text{cm}^2$，由型钢表查工字钢型号 22a，其面积为 $A'=42\text{cm}^2$，最小惯性半径为 $i_z=2.31\text{cm}$，则该压杆的长细比为

$$\lambda_1=\frac{\mu l}{i_z}=\frac{2\times1.5}{2.31\times10^{-2}}=130$$

依此可查折减系数表得 $\varphi'_1=0.387$

校核其稳定性 $\frac{P}{A'_1\varphi'_1}=\frac{300\times10^3}{42\times10^{-2}\times0.387}>[\sigma]=160\text{MPa}$

取 $\varphi_2=\frac{(\varphi_1+\varphi'_1)}{2}=\frac{(0.5+0.387)}{2}=0.4435$

由稳定条件得

$$A_2=\frac{P}{\varphi_2[\sigma]}=\frac{300\times10^3}{0.4435\times160\times10^6}=4.23\times10^{-3}\text{m}^2=42.3\text{cm}^2$$

由 $A_2=42.3\text{cm}^2$，由型钢表查工字钢型号为 25a，其面积为 $A_2=48.5\text{cm}^2$，最小惯性半径为 $i_z=2.403\text{cm}$，则该压杆的长细比 λ_2 为

$$\lambda_2=\frac{\mu l}{i_z}=\frac{2\times1.5}{2.403\times10^{-2}}=125$$

依此可查折减系数表得 $\varphi'_2=0.411$

校核其稳定性 $\frac{P}{A'_2\varphi'_2}=\frac{300\times10^3}{48.5\times10^{-2}\times0.411}=150.5\text{MPa}<[\sigma]=160\text{MPa}$

(2) 校核横截面强度。每个螺栓孔的横截面面积为 $\delta d=1.3\times2=2.6\text{cm}^2$，压杆横截面的净截面面积为

$$A-4\delta d=48.5-4\times2.6=38.1\text{cm}^2$$

所以净截面的压应力为 $\sigma=\frac{F}{A-4\delta d}=78.7\text{MPa}<[\sigma]$

结论：选 25a 工字钢可满足稳定性要求。

附 录 Ⅰ

一、选择题

1. C 2. B、D 3. A、B、C

二、填空题

$\frac{bh^3}{24}$

三、判断题

1. × √ 2. √ 3. √

四、引导题

$\frac{2r^3}{3}$，$y_C=\frac{4r}{3\pi}$

五、计算题

1. **解**　建立如附图Ⅰ-1所示坐标系 xoy

$$S_x=\int_0^h\left[b-\frac{(b-a)y}{h}\right]y\mathrm{d}y=\frac{(2a+b)}{6}h^2$$

y 轴为截面对称轴，由于截面对称，形心必在对称轴上

所以 $x_C=0$

$$y_C=\frac{S_x}{A}=\frac{\frac{(2a+b)}{6}h^2}{\frac{(a+b)h}{2}}=\frac{(2a+b)}{3(a+b)}h$$

所以截面形心坐标$\left[0,\frac{(2a+b)}{3(a+b)}h\right]$。

2. **解**　由于截面对称，形心主惯性轴一定通过对称轴，建立如附图Ⅰ-2所示坐标系，截面形心过对称轴

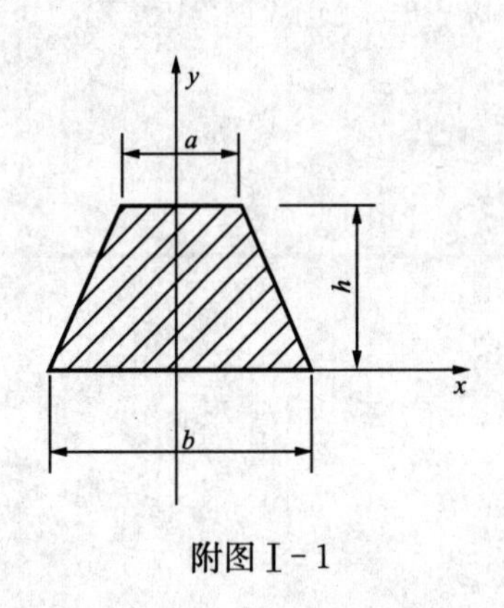

附图Ⅰ-1

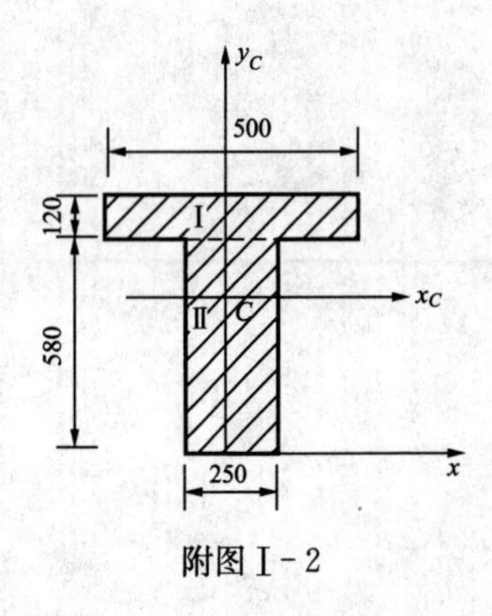

附图Ⅰ-2

所以 $x_C=0$

$$S_{xⅠ}=120\times500\times(60+580)=3.84\times10^7$$

$$S_{xⅡ}=580\times250\times\frac{1}{2}\times580=4.205\times10^7$$

$$S_x=S_{xⅠ}+S_{xⅡ}=8.045\times10^7$$

$$y_C=\frac{S_x}{A}=392$$

所以形心坐标为（0，392）

$$\begin{aligned}I_{xC}&=I_{xCⅠ}+I_{xCⅡ}\\&=\int_{187.6}^{307.6}500y^2\mathrm{d}y+\int_{-392.4}^{187.6}250y^2\mathrm{d}y\\&=9.34\times10^9\,\mathrm{mm}^4\end{aligned}$$

$$I_{yC}=I_{yCⅠ}+I_{yCⅡ}=\frac{1}{12}\times120\times500^3+\frac{1}{12}\times580\times250^3=2.01\times10^9\,\mathrm{mm}^4$$

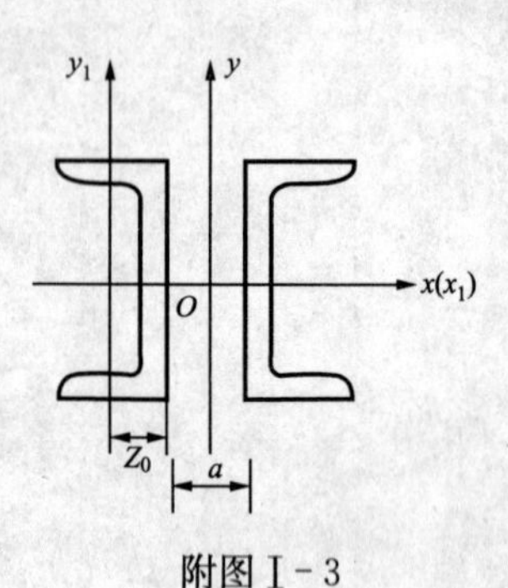

附图Ⅰ-3

3. **解** 附图Ⅰ-3所示，两个20a槽钢组成的组合截面对两个对称轴 x、y 的惯性矩分别为

$$I_x = 2I_{x1},\ I_y = 2\left[I_{y1} + \left(Z_0 + \frac{a}{2}\right)^2 A\right]$$

其中：I_{x1}、I_{y1} 分别为一个20a槽钢对其截面形心轴 x_1 轴和 y_1 轴的惯性矩

据题意，欲使 $I_x = I_y$，即 $I_{x1} = I_{y1} + \left(Z_0 + \frac{a}{2}\right)^2 A$，

查型钢表得20a槽钢的截面几何参数如下：

$I_{x1} = 1780.4\text{cm}^4$，$I_{y1} = 128\text{cm}^4$，$A = 28.83\text{cm}^2$，$Z_0 = 2.01\text{cm}$

则 $a = 2\left(\sqrt{\frac{I_{x1} - I_{y1}}{A}} - Z_0\right) = 2\left[\sqrt{\frac{1780.4 - 128}{28.82}} - 2.01\right] = 11.1\text{cm}$

因此，欲使 $I_x = I_y$，两槽钢的间距 a 应为11.1cm。

附录Ⅲ《材料力学》课程的学习方法介绍和本习题集的使用说明

为了让读者更好地使用本书，以下归纳了《材料力学》课程的学习经验和本习题集的使用说明。

(1) 认真听课，事半功倍。能否顺利完成作业，认真听课、弄懂课程内容是前提，将理解课程内容的过程在课堂内完成，这是高效率学习的最佳途径。

(2) 独立思考，独立完成作业。这是对每一位学生的基本要求，只有独立思考，独立完成作业，知识收获量才是最大的，体会也是最深的，才可能取得融会贯通的最佳效果，应该摒弃那种抄袭作业的歪风，将抄袭作业的行为视作不道德的可耻行为。

(3) 相互学习，积极讨论。作业要自己完成，但遇到反复思考仍不会解答的问题，就需要与同学交流、相互学习、弄懂问题的要点。千万不要因顾及面子或懒惰而不去请教、拒绝讨论，草草做完了事。不耻下问，是好的学习态度。

(4) 主动提问，积极答疑。在课程的中后期阶段，随着所学课程内容的增多，疑问也会随之积累，一般授课教师会安排某些规定时间为大家排疑解惑。在平日复习时，应将不懂的问题集中起来，在答疑时间向老师询问，与老师讨论。

(5) 课前预习和课后复习哪个更重要？一般来说，课后复习更重要，课前预习可在学有余力时进行，如果精力和时间不足，课前预习可暂不进行。但课后复习是必要的，必须要进行，绝不可省略。一段知识的消化和再理解要在课后的复习中完成，独立完成作业，可以对课程内容理解的更深、更透，真正把握其精髓。

(6) 理解与记忆哪个更重要？中学阶段的老师往往更强调理解，但在大学阶段，理解和记忆同等重要。因为，大学要学的知识量是中学的几十倍，甚或上百倍。理解后不强调记忆是学不到较多知识的，即便是虽不理解但记住了的知识，也比理解了但记不住的现象要好许多，因为它不影响知识的使用，仅影响知识的扩展。但若记不住就什么也没有掌握。特别是材料力学的众多知识点和公式，在尽可能理解的前提下，应能全部熟练背诵。

(7) 注重例题的解题过程，灵活运用解题顺序。以往许多同学向老师反映：为什么上课都听懂了，习题也读懂了，但在做作业时就是不会做，不知道怎样做。实际上这是一个不会解题程序或抓不住题目重点的问题，一般来说，例题中都有做题程序的反映，但为什么不易掌握呢？因为每个题目都是不相同的，所以学习解题程序应该是灵活的，要活学活用，理解其解题过程的表达方法，而不是死板地套用例题的解题程序。尤其应注意，叙述解题步骤的串联词语要详略得当，一定不要太啰唆，点到为止，但绝不可省略。这是做计算类题目首先要掌握的问题。

(8) 本习题集第二章的“内力和内力图”，集中了孙训方编的《材料力学·第四版》里拉伸压缩、扭转、弯曲三部分内容的内力和内力图，这样做的目的是便于将这部分知识进行比较，让读者能更好地体会内力和内力图的内涵。同时，也为了配合部分教材的编写顺序，做作业时可以根据课程进度安排习题集内容。其他章节的习题顺序和孙训方编的《材料力学·第四版》匹配。

(9) 如何做选择题？对于本习题集中的选择题，不仅要挑选出正确的答案，还要对正确和不正确的答案进行认真的思考，这样做对加深理解和扩大知识面很有好处。

(10) 如何做引导题？顾名思义，引导题就是引导读者按照正确的步骤和顺序一步一步解题，使其掌握解题的正确步骤和正确用语。

(11) 如何做判断题？判断题多是概念理解题，需要仔细思考，往往一字之差，意思就截然不同，正所谓“失之毫厘，谬以千里”。

(12) 如何做思考题？本习题集设置的思考题很少。基本就是一句简单的问话，要求就此引申发挥，完成题目的要求，所涉及的知识点往往较多、较灵活，不易回答的完全到位，但这正是训练思维和融合知识的过程。

(13) 审题要细心。面对某些题目找不到思路、不知如何下手的原因就是审题太慌张，往往启开灵感的钥匙就在题目中的某句话、某个词甚或某个字，因而仔细审题尤为重要。有时往往要反复多次地审题、审图，才能正确理解题意，这是避免犯错、提高效率的好办法。当然若能仔细审题，一遍就能正确理解题意，那是最好不过了。

(14) 特别强调：仔细审图好处多。对有附图的题目，一定要仔细审查图的各个细节，有些题目在叙述题意时，可能省略了许多尺寸数据、荷载数据和结构的描述，而这一切都会反映在题图中，要靠认真审图获得，同时仔细审图也对理解题意有很大的帮助。

(15) 学会查询各种表格的方法。有的题目需要查询各种型钢表或各种图表，以获得相应数据。此时一定要掌握各种表格的查询方法，要将表格里各个细节全面浏览一遍并理解其意图。还要注意表格中各个量的单位与题目中要使用这个量时的单位有无差别，需不需要进行转换，量的标识符号有无差别，坐标方位是否相同等。

(16) 注意公式的适用条件。几乎所有公式都有适用条件，但有些公式的适用条件比较宽泛，一般不必特别提及，但有的公式适用条件比较严格，此时一定要特别注意。个别题目可能就隐含了考核公式适用条件的知识。

(17) 善于总结，善于归纳。学习任何一门知识，都有微观知识点的理解和宏观知识面的掌握问题。所谓微观知识点就是每一个细小的知识，如希腊字母 σ、τ 等的写法或读法及其大写、小写等；再如力的单位 KN 和 kN，力矩的单位 kNm 和 kN·m 哪个正确等，不一而足。所谓宏观知识面就是宏观上把握知识的整体结构体系，这一点往往容易被忽略，但它是提高学习效率的最好途径。要想掌握宏观知识面就一定要“善于总结，善于归纳”，将已学过的知识在复习过程中思考归类、归纳提炼，这会在短时间里提高认识和理解，对今后要学的知识产生推动和促进作用。

(18) 要联系工程实际思考。编者在编制习题集的过程中，已经对联系工程实际问题作了很大努力。在做作业时，依然要对联系工程实际付出自己的努力，许多题目都是直接或间接地来源于工程实际的问题。所以，要对题目中涉及到的工程名称的习惯称呼、某些构件的应用和相互的关系等，都要搞清楚，这会对理解随后要学的若干课程知识、对培养自己具有工程思维习惯以及对将来从事实际工作，都有莫大的好处。

(19) 要积极主动地思考，不要被动地思考。对任何一个题目，都要极大化地去进行思考，特别是多方位的外延思考，这样你才能极大化地获得知识。这是练就融会贯通和举一反三本领的关键所在。

(20) 为什么要重视力学课？这里指的是，大学所学力学课程与其他专业课程是什么关系？正如本书前言中所讲：《材料力学》是土木类、机械类等工科专业的专业基础课，对诸多后续课程的掌握起着直接关键的作用，历来在工科专业的教学中，都有着极为重要的地位。这不仅是对材料力学而言，对理论力学和后续的结构力学以及其他相关的力学课程依然适用。谁重视了力学类课程，谁将受益无穷。

(21) 简介三门主要力学课程的主要特点。土木类专业大学四年，主要学习理论力学、材料力学、结构力学，共有三门主要的力学课。下面将它们相互比较，认识它们各自的特点，以利于有针对性地学习。

理论力学：理论性较强，有较多地数理推导，联系实际少些。概念和知识点具有较多的抽象性和逻辑性，一个概念或公式能衍生出无数题目，特别是难度很大的题目。学习中，切实的理解和抽象思维成为头等大事。

材料力学：研究宏观尺度的各种基本构件的受力和变形，以及工程中的各种基本的力学现象和原理。有时理论性、抽象性都很强，有时联系工程实际性很强，内容比较繁杂。例如，杆件四大基本变形、应力应变状态知识、各种组合变形、各种压杆稳定、能量法、动荷载、疲劳破坏、试验应力等，都是工程中或者力学体系中的各种最基本的知识概念。这就决定了学习材料力学时，应该理解和记忆同等重要，应该努力理清整体概念并归类总结。

结构力学：其最基本的杆件和框架知识在材料力学中已学习，在此基础上，结构力学单纯研究较复杂的框架求解知识，即研究具有各种约束的、各种不同形式搭建的框架的各种解法，为将来土木工程的结构设计打下基础。主要特点是各种求解方法的运算过程比较繁琐。所以，学习结构力学时，不运用计算机程序，手工做题一定要有耐心和细心，不要对冗长的解题过程不耐烦，不要因粗心错了一个细节而影响后面的一长串计算。